「あなたが好きです！
どうかこれをもらってください！」
言ってやった。人生で初めての
セリフを言ってやった！
すると彼はしっかりと受け取って、
かすかに微笑んでくれた。
「ありがとう、お嬢さん」
リュカ
呪われてしまった聖騎士。
呪いを解くために
アナベルに求婚する。
アナベル
人を癒やす『神聖力』を
ほとんど失ってしまった
聖女。

フェリクス
第二王子。
自分をかばってリュカが
呪われてしまったことを
気にしているが――。
アーヴィス
王国一の魔法師。
解呪師でもあり、
呪いを解くために
協力してくれることに。

「何を言っているんですか!?私はリュカ様の呪いを解くって決めています！」
「頼んでいません！」
「頼まれていません!!」

「絶対に助けますからね、リュカ様」
返事はない。
その安らかな寝顔を見ていると、
私は無意識のうちに彼の頬に唇を寄せた。
オーレリアン
リュカの従者でリュカを慕っている。そのためアナベルには冷たく接する。

presented by
柊一葉
illust. ぽぽるちゃ
役立たず聖女と呪われた聖騎士
《思い出づくりで告白したら
求婚&溺愛されました》
Yakutatazu Seijo to Norowareta Seikishi

Contents

Design・yuko mucadeya + nao fukushima (musicagographics)

【第一章】 聖女は心が荒んでいます

『聖女になんか、なるんじゃなかった』

これは、私が聖女になって三年も経たないうちに心の底から思ったことだ。

聖ヴィゴール教会は、この国で王家と並ぶ権力を持つ独立した組織。ここには、教皇様をはじめ大司教様以下、数多《あまた》の神官そして聖女が名を連ねている。

私は人々を癒す『神聖力』を見出《みいだ》され、最年少聖女として七歳で教会入りし、王都にある第一教会でもう十一年間も働いてきた。

そしてそれは、まもなく終わりを迎える。

悪名を轟《とどろ》かせる商人の男に売り渡されることによって――

「アナベル、こちらがおまえを妻にとご所望のハロン・エルヴァスティ様だ。知っているとは思うが、王国一の立派な商人で男爵位をお持ちの御仁だよ」

満面の笑みでそう告げたのは、第一教会の神官長。薄くなった髪の毛を、神聖力で何とかしようとがんばっている四十代だ。

神聖力は、神官や聖女が宿している、人々を癒す力であり、悪霊などの悪いものを祓《はら》う力でもあるが、育毛効果の有無は未《いま》だ確認されていない。

ここは、煌《きら》びやかな貴賓室。質素倹約をモットーとする聖ヴィゴール教会の腐敗っぷりを証明する代表的な場所だ。金銀を贅沢《ぜいたく》にあしらった調度品が、ずらりと並んでいる。

目の前には、私を買ってくれるという商人の男。金で買えないものはない、とばかりに爵位を手に入れ、続いては聖女をお買い上げするつもり満々だ。

神官長が揉《も》み手で彼の機嫌を取ろうとしている様子は、まるで威厳がない。一応、教会では教皇様、大司教様に次ぐ偉い立場なのに、何とも情けないことである。

でも本当に情けないのは、これからこんな中年男に売り払われる私だった。

「さぁ、ご挨拶をなさい」

神官長にそう急かされ、私は引き攣《つ》った口元をそのままにかろうじて名前だけ名乗る。

「アナベルです……」

おかしいと思ったのよ！

式典でもないのに煌びやかな法衣を用意され、世話役の女性たちに化粧を施されたから！

教会関係者のお出迎えでもあるのかと思ったら、まさか十八歳にして教会から放逐されるとは。

あ～あ、神聖力がほとんどなくなった役立たず聖女とはいえ、よりによって売り渡される相手がこれかぁ。

エルヴァスティは、私のことを上から下までじっくり眺めると、満足げに頷《うなず》く。

上質な赤の正装を纏《まと》うも、隠し切れないでっぷりとせり出したお腹。いろんな意味で脂がのっている三十五歳は、どうやら私をお気に召してしまったらしい。

「まさかこれほどとは……。さすがは神の子だな。美しい」

エルヴァスティの言葉に、私は舌打ちしそうになる。

聖女は神の子、確かにそう言われている。じゃあ、それを金で買って自由にしようっていうのは、神への冒瀆《ぼうとく》なのでは⁉

噂《うわさ》では、この男は囲った女に鞭《むち》や暴力を振るうそうだ。結婚相手としては、絶対に遠慮したいタイプである。

この国の富裕層にとって、聖女を妻に迎えると箔《はく》が付く。

教会としては、神聖力がほとんどなくなってしまい、聖女としての価値がとことん落ちた私を寄付金と交換できるなら渡りに船である。

エルヴァスティと神官長の雰囲気からは、この話はもう決定事項なのだと嫌でもわかった。

そうか、私はこの男と結婚しなければいけないのか……。

すべてがどうでもよくなってきて、薄ら笑いを浮かべた私は遠い目をする。

隣に座る神官長は、そんな私を意にも介さず声を弾ませた。

「このたびはお申し出をいただき、本当にありがとうございます！　それで、結婚式はいつをご希望でしょうか？」

エルヴァスティは、その糸目をさらに細めてうれしそうに答える。

「そうだな、式はできるだけ早くしたい。だが、ほかの誰でもない私の結婚式だ。豪華なものにしたいから、妥協はしたくない」

すべての指にぎっしりハマった指輪が、その財力をこれでもかというほど訴えかけてくる。

輝きすぎた宝石の光が反射して、目が痛くないのかしらね？　「それ一つください」と言えるような空気ではないので、私はぐっと堪えて沈黙を守る。

エルヴァスティは、私が黙っているのを見て、結婚に納得しているとでも思っているのだろう。だらしない口元をさらに緩め、さもこの結婚が私にとっても良縁であるかのように言った。

「まぁ、教会で聖女を続けるより、アナベルも早く嫁ぎたいだろうしな？　その思いを汲《く》んで、ひと月後にでもしようか」

私の希望が叶《かな》うなら、結婚式は百年後以降でお願いします。

何なら私のことは忘れて欲しい、全力でそう願っている。けれど残念ながら、役立たずになってしまった私に抗う術《すべ》はない。

絶対的な権力者である教会幹部が、この変態金持ちに私を嫁がせるというか売り払うことを決めてしまったとなれば、もうどうしようもなかった。

「よかったな、アナベル。これで借金はなくなるぞ」

私をお買い上げするエルヴァスティは、亡き両親が残した借金を返済してくれるらしい。

教会で十一年間も身を粉にして働いてきたのに、どういうわけか借金はまだ七割も残っていて、完済の目途はまったく立っていない。肩代わりしてくれた教会に、私は逆らうことができないのだ。

今私にできることは、結婚式をなるべく先延ばしにすることだけ。

頼むから、それまでに別の人に目移りしてください！

そんな本音はひた隠し、私は遠慮している風を装い、伏し目がちに提案する。

「ひと月後だなんて……。恐れ多くもエルヴァスティ様は男爵位をお持ちの方、貴族らしく一年間の婚約期間を置いて結婚、というのはいかがでしょう?」

貴族って、普通は婚約期間を一年以上置くわよね?

ここは慣例に倣《なら》いましょう、と暗に訴えかけるも、彼には通じなかった。

「アナベルをそんなに待たせるわけにはいかない! 十八歳という若く美しいときに婚礼衣装を着せてやりたいからな」

待ってなぁぁい! それに、ただ若い女が好きなだけでしょうが!

私は思わず苦い顔になる。

「その薄緑色《アイスグリーン》を帯びた銀髪に、なめらかな白い肌……。さぞ婚礼衣装が似合うだろうなぁ」

絡みつく視線にぞわっとした。

ねぇ、身体《からだ》目当てならもっと出るとこ出た聖女を選んだら?

こんな絶壁みたいな胸をした私に欲情できるなんて、と驚き半分、呆《あき》れ半分……。

終わった。私の人生、今度こそ本当に終わった。

「いい買い物をしたぞ!」

買い物って言っちゃってるよ、この人。倫理観っていう言葉を覚えてこい!

げはげはと大口を開けて笑うエルヴァスティは、結婚式はひと月後と決めてこの商談を終えた。

——私の命は、あとひと月かぁ……。

涙はお金にならないから、涙腺すら仕事を放棄している。

虚しい。この世は報われなさすぎる。

見送りのために外へ出ると、私の気分と同じく曇天が広がっていた。

馬車の前で向かい合うと、エルヴァスティは満足げな顔をして別れを告げる。

「では、アナベル。また顔を見に来るぞ」

「はぁ」

私の気の抜けた返事が、風に舞って宙に消えた。

アメジストや水晶などをふんだんに使った飾りをこれでもかというほど付けた馬車は、エルヴァスティが乗り込んだ瞬間に重みでぐんと沈み、まもなくゆっくりと動き出す。

周囲を護衛に囲まれたそれは、土埃《つちぼこり》を上げつつ遠ざかっていく。

右の袖を口元に当て、ケホッと一度だけ咳《せ》き込んだ後で私は呟《つぶや》いた。

「あの馬車、どこかで横転してくれないかな～」

神がいるのなら、どうしてあんな男がのさばっているのかな？

正門前に堂々と立つ、太陽神の像が恨めしい。

神官長は、私の聖女らしからぬ発言に眉根を寄せて嘆く。

「おまえのそういうところが、神聖力を減らしているんじゃないか？」

それを言われると、否定できない部分がある。

神聖力は、二十歳を目途にちょっとずつ減っていき、その減り幅や最終的に落ち着くまでの年月は人それぞれだという。

とはいえ、私の神聖力の減り方は異常だった。

「昔は教会で一、二を競うほど神聖力があったのにな。実に残念だよ」

そんなこと言われても、と私は冷めた目で神官長を見る。

思えば私が教会に来た七歳の頃は、稀《まれ》にみる神聖力の多さだともてはやされた。あの頃の私はとってもとっても純粋で、「誰かの役に立ちたい！」と目を輝かせていたものだ。

それが数年も経たないうちに、聖女の仕事の不毛さに気づいてしまった。

聖女の仕事は、主にケガ人や病人を癒したり、悪霊を祓ったりすること。私たちは、人々にとってなくてはならない存在だ。

ただし、それが当たり前になれば、人は傲慢になる。

――もっと簡単に治せないの？　痛くしないでよ！

――遅い！　いつまで待たせるんだ‼

――聖女なのにこんなに時間がかかるなんて……、高い金を払ってるのに使えないな！

人々は聖女の献身を当然のように思い、少しの不満があればすぐにそれを噴出させる。聖女は人に尽くして当たり前、そんな考えを目の当たりにしてかなり傷ついた。

しかも神聖教本によれば、神聖力とは女神様が人に与えたありがたい力であり、それを持つ者はそれだけで幸福なので、聖女は己を捨てて民に尽くすようにとのこと。

癒させていただいています、という精神でがんばらなきゃいけないらしい。

質素な食事に、不自由な暮らし。

罵詈雑言《ばりぞうごん》を浴びせられても、ひたすら耐えて人々を癒す。

私たちは何のために生きているんだろう？　そんなことを疑問に思い始めた頃から、私の神聖力は少しずつ減っていった。

病は気から、という言葉があるが、神聖力も心の持ちようからだったらしい（確かなことは不明だが、私はその線が濃いと思っている）。

この一年ほどは、骨折を治すことも難しく、痛がる人の患部に手を当てても、神聖力がほとんど発せられない。

多分、もう安眠効果くらいしか残っていない。

そんなこんなで、役立たずの烙印《らくいん》を押されてしまった私は、借金もあるし、教会にとってお荷物でしかなかった。

ここで下働きのように過ごすことも許されず、若く美しいうちにゲス様に買っていただこうという運びとなったようだ。

「借金さえなければな～」

私が逃げると、教会は弟のアレックスに借金の返済を迫るだろう。

アレックスとはあの子が二歳くらいのとき別れたから、もう私の顔も覚えていないと思う。

でも、それでいい。

それが、いい。

養父母の家で、弟がすくすく育っていることだけが私の願いだから。

たった一人の弟だけは守ると決めた。

報いのない人生でも、自分が何かの役に立ったと思えるなら、それだけで生まれた甲斐《かい》があったと思える。

問題は、私がそれだけで満足だと心から思える、清らかな女じゃないってことだ。

「あー、お金欲しいわ〜」

青い空に吸い込まれる邪《よこしま》な願望。見上げても見上げても、金貨は降ってこない。

小石を蹴り、前を歩く神官長に当たればいいのになと思っては、何度も不発を繰り返す。

売られる日を待つだけの私は、今日も荒んでいた。

◆◆◆

結婚式まで、あと二十日。

地獄へのカウントダウンが始まっているにもかかわらず、日々は意外にも平穏だった。

今日は一年に一度の『花祭り』が行われる祭日で、王都の大通りや海岸沿い、公園などいたるところに色とりどりの花々が飾られている。

聖女が自由に外出できるのは、この王都で花祭りや豊穣祭《ほうじょうさい》などのイベントが行われている期間だけ。賑《にぎ》やかな雰囲気の街は、見ているだけで心が軽くなるようだ。

今着ている服は、聖女の法衣ではなく教会から支給されている普段着のワンピース。アイボリーの生地に水色の縁取りがされた、いかにも清潔感のある装いだ。

見る人が見れば聖女だとわかるけれど、街に出かけても十分馴染《なじ》める。

「わぁ、どこもかしこも花飾りがいっぱい！　ねぇ、アナベルはどれにする？」

同じ十八歳の聖女・ミスティアが、手のひらサイズのリースが並ぶお店の前ではしゃぐ。

二つに結んだ長い金髪が、キョロキョロとあちこち見回す彼女の動きと共に揺れていた。

「う～ん、私はいらないかな。だって、好きな人いないもん」

苦笑いでそう答えると、ミスティアは不満げに唇を尖《とが》らせる。

「せっかくの花祭りなのに、冷めてるなぁ」

「落ち着きがあるって言ってよ」

花飾りのリースは、年頃の男女であれば無料でもらえる物。

花祭りの期間中は、身分や出自なんて関係なく好きな人に花飾りのリースを贈って愛を告げていいとされているから、意中の人がいる若者にとっては一大イベントである。

私は今まで一度も恋愛なんてしたことがなく、ましてあと二十日で生け贄《いにえ》まがいの結婚をしなくてはいけない身で、どう考えてもリースは無駄だ。

そりゃあ、誰かと恋してみたいな～なんて思ったことはあるけれど、教会では神官や事務官としか出会えない。

第一教会にいるのはなぜかおじさんばかりで、二十代後半ならまだ若い方だといえる。

しかも、貴族出身が多くを占める神官たちはプライドが高く、総じて扱いにくいのだから恋愛感情など芽生えるはずもない。

「私は、聖騎士見習いのジレス様に渡すわ。万が一にでも恋人になれたら、最高だもの！」

ミスティアは花飾りのリースを手に、うっとりとした表情で頬を染める。

たまに偉い人の遣いでやってくる聖騎士見習いは、聖女たちの憧れの的だ。

聖騎士は普通の騎士より格上で、聖なる加護を宿した武器を先祖代々受け継いでいるエリート。

当然、彼らは全員貴族なので、聖女といっても平民出身の私たちには雲の上の存在だった。

けれど花祭りであれば、告白することが許される。

王城勤めのエリートと付き合えるなんて夢のまた夢だけれど、ここで「やめとけば？」なんて言って夢を壊すのはよくない。

「うまくいくといいね〜」

私は相槌《あいづち》を打ち、何となく店頭のリースに目を向ける。

ミモザにライラック、水仙など、色とりどりの花々からは甘く優しい香りが漂う。

「記念に持って帰るくらいはいいかも」

きれいだし、部屋に飾ろうかな？

そう思って淡い水色の花がかわいらしいリースを手に取り、少し斜めになっていたリボンを指先でそっと直す。

「まさかそれ持って帰るつもり？　ダメよ！　誰かに渡してお祭りに参加しなきゃ！」

「ええ？」

ミスティアが、いつになく強引に私に迫る。

「アナベルもたまにはハメを外してみたら？　貴族っぽい人を狙って告白して、運がよければエルヴァスティなんかと結婚せずに済むかもしれないじゃない！」

「だったらいいけどね～。一体、何百個の花飾りを撒《ま》けばそんな奇跡が起きるのよ」

こういうお祭りだから、見ず知らずの男性に渡しても受け取ってはもらえるだろう。

ただし、それはあくまで社交辞令。その人がエルヴァスティよりも身分が上で、なおかつ私を気に入ってくれるなんて奇跡が起こるはずはない。

ミスティアはノリが悪い私を見て、小さくため息をつく。

「あ～あ、アナベルも猫被ってかわいこぶりっこして、貴族の妻を狙えばよかったのに」

「それはもっと昔に気づきたかったわ～」

聖女たるもの、淑やかに優雅に。そんな教えは受けたものの、私はまるで演じられなかった。

そのせいで、聖女であれば期待できる貴族からの縁談がまったくこなかったのだから、そこはもう仕方ない。

裕福な男性は、第二夫人、第三夫人を持つ人も多いから、いい子にしていればそこに滑り込むことはできたかもしれない。

ミスティアはうまく立ち回れるタイプだから、貴族の相手も教会上層部の太鼓持ちもそつがない。

子どもの頃に戻れるなら、私もミスティアの真似をしようと思うけれどもう遅い。

「もったいない。アナベルは黙っていれば貴族のお嬢様みたいなのにな〜」

嘆くミスティア。私は再び苦笑いになる。

こんな口の悪い貴族のお嬢さんはいないわよ。あぁ、だから「黙っていれば」なのか。

私は緑がかった銀髪を一束掬《すく》い上げ、まじまじと観察した。

「ねぇ、これを売ったら借金返済できるかなぁ？」

「売るの⁉」

私の財産と呼べるものはこの身体くらいで、長い髪と宝石のガーネットを思わせる赤みを帯びた茶褐色の瞳は美しいとよく褒められる。目はさすがに売りたくないので、髪なら……とふと思う。

でもミスティアが本気にして顔を引き攣らせるから、私は笑って髪から手を離した。

「冗談よ。囚人じゃあるまいし、髪は切れないわ」

「よかった、本気かと思ったじゃない。あぁ、たとえ売ったとしてもめずらしい髪色は需要がないから、高値にはならないと思うわ」

「残念な情報をありがとう」

歩きながらそんな話をしていると、ひと際目立つ騎士の集団が目に入る。

爽やかな白に紫のタイ、煌びやかな装飾がついた隊服は、王都の騎士団でもエリートである聖騎士の証。これから仕事に行くんだろうか。

五人の聖騎士が、何か話しながら城の方へ向かっていく。

「かっこいいいわ〜。教会の神官とは大違い」

ミスティアが頬を染めて言った。

確かに神官にはいない、屈強な体軀《たいく》や凜々《りり》しい顔つきはかっこいい。

高い身長に広い背中、ほどよく筋肉がついていそうな腕がとても頼もしそうに見える。

中でも、最後尾を歩いていた一人の聖騎士は群を抜いて美形だった。

「花飾りなんて、山ほどもらいそうな人ね」

私は思わずそう呟く。

艶やかな髪は、優美なイエローブロンド。涼やかな目元に高い鼻梁《びりょう》という、バランスのとれた顔立ちは絵画から抜け出したみたい。

恋愛にあまり興味がない私でも目を奪われた。聖騎士同士で何やら会話し、楽しげに目を細める姿はまさに理想の恋人だ。

いいなぁ。あんな人と恋してみたかったなぁ。あぁ、さすがにそれは贅沢か。

素敵な人と恋をして、結婚して、笑顔に溢《あふ》れた家庭をつくる。

花祭り特有の雰囲気が、そんな自分には縁のない未来を想像させる。

旦那様があんなに素敵な人だったら、どんなに幸せだろう。

空想は自由だけれど、同時に虚しさも押し寄せる。

現実はいつだって残酷で、おかしな期待はしない方がいい。私は慌てて頭を振り、「分不相応な夢を見ちゃいけない」と自分を戒めた。

ただし、ミスティアは違った。ここぞとばかりに、私の手を摑《つか》んで詰め寄る。

「アナベル！　結婚前の最後のチャンスよ！　あの人に花飾りを渡してきなさい！」

「はぁ⁉」

いつもなら、そんなバカなことを……と一蹴しただろう。

けれどこのとき、私は思ってしまった。青春のすべてを教会で消費してしまった人生で、変態金持ちに売られる人生でいいのか？　と。

ちょっとくらい思い出が欲しい。私だって、ミスティアみたいに恋がしたい。

いっそ雰囲気だけでいいから、恋をしている気分を味わってみたい。ガラにもなくそう思ってしまった。

「そうよね。せっかくの花祭りなんだから、思い出づくりをしなきゃね！」

右手にある花飾りをしっかり握り、去って行く聖騎士を追いかける。

その背がだんだん近づいてくると、私は覚悟を決めて声をかけた。

「すみません！　あの……！」

「何か？」

最後尾を歩いていたその人は、私の呼びかけに気づいて立ち止まり、くるりと振り返る。

ふわりと揺れるイエローブロンドの髪は、太陽の光を浴びてキラキラと輝いていた。

かっこいい！　顔が小さい！　肌がきれい！

近くで見ると、さらにそのご尊顔の威力を実感する。

向かい合うと、随分見上げなければいけないくらいの長身で、私を見つめる瞳は落ち着きのある紫紺色。清らかで凛《りん》としていて、誠実そうな人だった。

これぞ乙女の憧れ!!　私は心の中で叫ぶ。

「何かご用でも？」

その聖騎士は、突然声をかけた私にも優しい声音で尋ねた。物腰が柔らかく、「絶対にいい人だわ」と瞬時に確信する。

ところが、目が合うと一気に緊張感が高まった。

呼び止めたはいいものの、こんな人に花飾りを渡していいのかと恐縮してしまったのだ。心臓がドキドキと激しく鳴り始め、言葉が思うように出てこない。

「あの、私」

いけない。早く花飾りを渡さなくては。それはわかっているのに、時間だけが流れる。

あぁ、好きでもないのに、こんなに緊張するのね……！

告白って大変なことなんだわ。いいことを学ばせてもらった。

一瞬そんな感想を抱くも、じっと彼が待ってくれていることに気づき、これではいけないと頭を切り替えて花飾りを両手で突き出す。

こんなにかっこいい聖騎士なら、どうせ山ほど花飾りをもらって告白されるんでしょう？

それなら、私の思い出づくりにも協力して！

「あなたが好きです！　どうかこれをもらってください！」

言ってやった。人生で初めてのセリフを言ってやった！

好きだなんて大げさだけれど、花祭りでの告白はこんな感じだと思うので、口から出まかせを言ってこの場を凌《しの》ぐ。

彼は目を瞬きちょっと戸惑っているようだったけれど、大きな手をそっと私の持つ花飾りに近づけた。

私はそれをチャンスだと思い、ずいっと花飾りを押し付ける。

「お願いします！」

すると彼はしっかりと受け取って、かすかに微笑んでくれた。

「ありがとう、お嬢さん」

こういう慣習ってわかっているから、向こうも大真面目に断ったりはしない。

いや、実はちょっと心配だったけれど……。とにかく、受け取ってもらえてよかった！

最後に麗しいお顔をもう一度拝見して、はにかみながらその場を立ち去る。

あぁ、素敵だった。とっても素敵な人だった。

なんでこんなに爽快感があるんだろう、って思ったら、よく考えると自分の意志で何かができたことは教会に来てから初めてだった。普通に暮らしていたらできることが、何一つできなかったから……。ままならない身の上に改めて気づかされ、一抹の侘《わび》しさを感じる。

とはいえ、気分はここ数年で一番浮かれていた。

ただ花祭りに便乗し、恋をしているふりをするだけでこんなにも楽しい。

まるで普通の女の子になれたみたいだった。

「アナベル！　よかったね！　よくがんばったじゃない」

戻ってきた私に向かって、ミスティアが満面の笑みで褒めてくれる。

「ええ、いい思い出になったわ」

振り返ると、彼はまだこちらを見ていた。

どうしよう。遠くから見てもかっこいい。今日、あの人に出会えたことで十分奇跡は起きたわ。

私は清々しさでいっぱいになり、軽く会釈をしてからその場を立ち去った。

「あぁ～、今日はあの人と結婚できる妄想しようっと」

最後にいい夢が見られた。街へ出てきて、本当によかったわ。

このとき私は、ただただ満足していた。

◆◆◆

花祭りから七日後。

朝の礼拝を終えると、この日もいつも通り掃除道具を持ち、教会支部の建物へ向かった。

神聖力がほぼ枯渇した私にできるお仕事といえば、教会の施設を隅々までお掃除することくらい。たまに洗濯や水汲みも手伝うけれど、専用の魔法道具が正常に作動してくれているうちは、私の手など必要ない。

純白の法衣を着て、手にはモップとバケツというおかしな姿で廊下を歩く。

今日は書庫で、平積みの本を片付けようかな。

ミスティアが好きそうな本があったら、ついでに部屋へ持って帰ろう。そんなことを考えつつ三階まで上ってきたとき、背後からダダダダダと慌ただしい足音が聞こえてきた。

それはだんだんと近づいてきて、「一体何事か」と私は眉を顰《ひそ》める。

「アアアアア、アナベル！　早く大聖堂へ来なさい！」

「はぃ？」

らせん階段を駆け上がってきたのは、いつも礼儀作法にうるさい神官長だった。大切な前髪が乱れている。

「おまっ……！　掃除なんてしている場合か！」

彼は私の持っていた掃除道具をすぐさま奪い、廊下に投げ捨てた。

「一体どうしたんですか⁉」

神官長がこんなに狼狽《うろた》えるなんて、とてつもない事件が起こったに違いない。

もはやケガを治すことはできず、安眠効果くらいしか与えられない私の神聖力が必要なほどの何かがあったってことよね？

大事故？　火災？　地震が発生したなら、さすがに私も気づくはず。

私は神官長に左手首をがっしりと摑まれ、今上がってきたばかりの階段を駆け下りるはめになる。

やってきた場所は、第一教会で最も厳かな雰囲気の大聖堂。正面玄関の左右には、アメジストの瞳が煌めく竜の像がそれぞれ一体ずつ飾られている。

神官長が走ってきたのを見て、護衛騎士が大きな扉を慌てて開いた。

「もう、何なんですか⁉　説明くらいしてくれても」

不満を漏らす私。けれど、最後まで言い切る前に、神官長がそれを遮る。

「いいか⁉　絶対に相手の機嫌を損ねるな！」

「は？　相手って誰です？」

「尊きお方だ！」

――バタンッ！

大聖堂の奥にある祈りの間に、私は無理やり放り込まれた。しかも、鍵までかけられてしまった。

尊きお方？　思い当たる人はいない。

それにそう言ったのは神官長だ。拝金主義の彼にとっての尊きお方とは、私からすると全然尊くない人かもしれない。

まさか、よりによってエルヴァスティが来たんじゃないでしょうね？

嫌な予想が頭に浮かび、木製の大きな扉と睨《にら》めっこしたまま、私は振り返ることができない。

勘弁してよ……。ため息が漏れそうになったその瞬間、背後から思いもよらない男性の声がした。

「あの……」

低く、それでいて優しげな声。

どこかで聞いたことがある。

パッと振り向くと、主祭壇の前には精悍《せいかん》な騎士がいた。

「あなた様は……あのときの」

爽やかな白い隊服に紫のタイ、聖騎士の装いに身を包んだ彼は間違いなく花祭りで出会った騎士様だった。

目を見合わせると、彼は少しだけ口角を上げて笑ってくれた。

その微笑みといい佇《たたず》まいといい、見惚《みと》れるほど美しい。ずっと見ていたいと思ってしまう。

けれど、私はふと我に返る。

なぜこの人がここへ？

「教会へいらっしゃるなんて、どうなさったんですか？」

問いかけながら、私は彼のいる方へ駆け寄る。

塵《ちり》一つ落ちていない赤絨毯《じゅうたん》の上、その背後には荘厳たる主祭壇。正面には、麗しい聖騎士。なんて絵になる人だろう、と思ったのも束の間――

すぐに異変は起きた。

「今日はあなたにお願いがあって来ました」

「私に？」

聞き返したその瞬間にはもう、正面に立っていた彼がスッとその場に蹲《うずくま》る。

状況を飲み込めるまで数秒。視線を下げると、蹲ったと思ったのは間違いだったと気づく。

なんと、世にも美形な騎士が私の前で片膝をついていた。

「アナベル嬢。どうか私と結婚してください」

「…………は？」

天窓から降り注ぐ柔らかな光が、彼の金髪をキラキラとより輝かせる。

まっすぐに向けられた紫紺色の瞳は澄みきっていて、それは真剣そのもの。さきほどの求婚が嘘《うそ》でないことが伝わってきた。

え、どういうこと⁉　この神降臨レベルの美形騎士は、一体なぜこんなことを⁉

パニック状態の私は、彼と目を合わせたまま一時停止していた。

「「…………」」

長い長い静寂が訪れる。私は多分、おかしな顔になっているだろう。状況がまるで飲み込めない。

確かに私は、先日の花祭りでどさくさに紛れて告白した。

だって、平民でも貴族でも何人《なんぴと》でも愛を告げることが許される伝統的なお祭りだから。

でもあれは、不本意な結婚というか身売りさせられる前の思い出づくりであって、本気で恋をしていたわけでも、まして付き合えるとか結婚できるとか思っていたわけでもない。

「どうして……？」

私の口からかろうじて漏れ出たのは、今の心情を表す四文字だけ。思い出づくりで告白した相手が押しかけてくる、その「どうして」だった。

そして、さらにもう一つの意味が重なる。

だって、今の彼は背中に――

「やはり、視えますか？」

彼は、悲しげに眉根を寄せる。

控えめに、そして窺《うかが》うように尋ねた「視えますか」は、役立たず聖女であっても「はい」しか答えようがない。

視えるも何も、視えまくりだ。彼の背後にまとわりつく、真っ黒なモヤが！

「なんで聖騎士が呪われてるんですか⁉」

あわあわと口を震わせ、狼狽える私。

その反応を見て、苦笑いする彼。

いやいやいや、笑っている場合ですか⁉

強力な呪いに蝕《むしば》まれすぎて、背後のモヤが真っ黒な死神みたいに見えますよ⁉

死神にバックハグされてるみたいに見えますよぉぉぉ‼

待って待って待って。死神バックハグ状態な人に求婚されるなんて、予想外が過ぎるわ！

彼の背中で揺らめく黒いモヤに目を奪われていると、彼は切なげに目を伏せた。

「これには事情がありまして……。不本意ですが呪われてしまいました」

「そうですよね⁉　不本意ですよね⁉」

自分から呪われに行く人はいないだろう。

不運なのか、それとも誰かに恨まれて呪いをかけられたのか？

それにしても、神聖力の強い聖騎士がここまで真っ黒なモヤを背負うほど呪われるなんて信じられない。

神官長が慌てるはずだわ。

呆気《あっけ》に取られていると、彼はとんでもないことを口にした。

「アナベル嬢、私を想ってくれるあなたとなら、この呪いを解くことができるかもしれないんです」

「え？」

神聖力がほとんどなくなった聖女にどうしろと？

けれど何かを確信しているような彼は、顔を上げるとそっと私の右手に触れた。

あまりに優しい触れ方で、壊れ物を扱うような慎重さだった。

大切にされているような気がして、私の胸がどきりと大きく跳ねる。

彼は私の手を自分の方に軽く引き寄せ、甲にそっと唇を押し当てた。

「――っ！」

その唇は柔らかく、少しだけ冷たい。

こんなことをされたのは初めてで、一瞬で顔が、全身が真っ赤に染まる。

年頃の男性に、しかもイケメンに耐性のない私は、今にも口から心臓が飛び出そうなくらいドキドキしていた。

なんで？　どうして？　いきなり手の甲にキスするなんて、何の意味が？

それが求婚するための所作だと気づくまでに、それほど時間はかからなかった。

「私と、結婚してください。聖女アナベル」

うっ、瞳のキラキラ感がすごい。

目の前にいる聖騎士は、呪われても清らかだった。

こんな美形騎士に結婚してくれと縋《すが》られて、断ることはできない。

その圧倒的顔面力にやられた私は、叫ぶように返事をした。

「お受けします！」

これは不可抗力。だって、こんな人にお願いされたら受けるしかないでしょう⁉

ええい、女は度胸だ！ 呪いなんてどうにかなる！

私は、崖から飛び降りる心地で呪われた聖騎士の求婚を受け入れた。


大聖堂を出て、貴賓室へとやってきた私たちは「とにかく話をしよう」とテーブルを挟んで向かい合う。

──カタカタカタカタ………。

「ミスティア、大丈夫？」

「は、はひ」

紅茶のポットを手にしたミスティアは、小刻みに震えていた。

当然のことながら、彼女にも騎士様が背負っている真っ黒いモヤが見えている。

聖女は悪霊を祓うのも仕事のうちだけれど、こういうのは得手不得手がある。ミスティアは悪霊や呪いの類《たぐい》が苦手なのだ。

ちょっと落ち着こうか、と言いたいところだけれど、私も混乱しているのでそんな余裕はない。

「どうぞ……」

震える手でカップを置いたミスティアは、来客用のお高い紅茶を注ぐ。

「ありがとうございます」

さきほど私に求婚した騎士様は、温和な笑みを浮かべてお礼を述べた。花でも背負っていそうな美形なのに、ばっちり呪われた印の黒いモヤを背負った状態で……。

彼が紅茶を一口飲んだタイミングで、私は覚悟を決めて話を切り出す。

「あの、どうして私がここにいるとわかったのですか？」

花祭りの日、私は名乗らなかった。

教会支給のワンピースを着ていたから、聖女だとはわかっただろうけれど、王都にはここを含めて第一から第七まで教会支部がある。

それなのに、よくここへ来られたなぁと思った。

彼はまっすぐに私を見つめ、優しい声で話し始めた。

「申し遅れましたが、私は聖騎士のリュカ・ルグランと申します。二十四歳で、侯爵家の次期当主という身分です」

ルグラン侯爵家といえば、代々王家に仕える聖騎士の家系だ。

貴族社会に疎い私でも知っているくらい、由緒正しい立派なお家柄である。

今、リュカ様が右側に置いている赤い宝石のついた剣が、代々受け継がれてきた加護つきの剣なのだろう。

ぶしつけに視線を送る私を咎《とが》めることはせず、騎士様は淡々と説明した。

「私は現在、第二王子のフェリクス様の護衛を務めています。教会にもそれなりにツテがあり、『薄緑色《アイスグリーン》を帯びた銀髪の聖女を探している』と教会幹部に尋ねてあなたのことを見つけ出しました」

なるほど、髪色かぁ。

私のこの薄緑色《アイスグリーン》を帯びた銀髪は確かに珍しい。隣国からの移民の血筋でなければ現れない、希少な色だと聞いている。

「あなたはその、有名だということで……すぐに見つかりました」

言葉を選ぶその様子からして、気を遣ってくれたのだとわかった。

最年少聖女として教会に来たにもかかわらず、神聖力が枯渇寸前で冷遇されているとでも聞いたのだろう。

過去の栄光に縋るつもりはさらさらないけれど、こうして優しい人に気を遣われるのは何とも居心地が悪い。

同情はされたくない。だから私は「何てことないですよ」という風に、にこりと笑顔を作ってみせた。

「すぐに見つかってよかったです。ご苦労をかけずに済みました。えっと、私のことはアナベルとお呼びください。私も、リュカ様とお呼びしてもよろしいでしょうか?」

私がそう尋ねると、彼はホッと安堵《あんど》した表情に変わり、ややうれしそうに「はい」と答える。

ここへ来た事情はわかったわ。

でも、肝心の求婚の理由がいまいち見えない。

「そうですね、何から話せばいいのか……」

リュカ様は困ったように笑い、視線を手元に落とす。

見れば見るほど、かっこいい。お顔つきはもちろんだけれど、所作も優雅でなおかつ堂々としていて、いかにも名家のご子息だ。

美形だからということだけでなく、その雰囲気が澄みきった水のようにきれいな人だと思った。

背負っているモヤはどこまでも漆黒なのに、本人と呪いのギャップがありすぎる!

あ、いけない。今は話に集中しなくては。

私は気を取り直して、コホンと咳ばらいをしてから尋ねた。

「求婚は、本気で……? ルグラン家ほどの名家なら、私みたいな聖女との結婚を周りがよく思わないでしょう? ご家族やご兄弟のご意向は大丈夫なんですか?」

私みたいな、とは平民出身+役立たずという二重の意味がある。

彼はそれをどちらも汲み取ってくれて、やや前のめりに返答した。

「両親は私が説き伏せました。すでに納得し、アナベルさえよければすぐにでも婚約を……とここに書面があります」

「早っ！」

「兄弟はおらず、ルグラン家の子は私だけです。家族の心配は無用です」

彼は上着のポケットから一通の手紙を取り出し、それをテーブルの上に置く。すでに許可を取っているなんて、随分と行動力がある人だ。

「アナベルが心配することは何もありません。もちろん、私との結婚は平民同士のそれとは異なりますが、あなたは聖女という立派な身分を持っている。貴族の家に嫁いでも不思議はありません。それに、私があなたの盾となり守っていくと約束します」

「どうしてそこまで」

聖女だから？　花祭りで告白したから？

混乱した私は、隣に立っていたはずの友人に助けを求めようとする。

「ねぇ、花祭りの告白ってどこまで効力が……って、ミスティア!?」

いない！

呪われたリュカ様が恐ろしくて、ミスティアはお茶を淹《い》れて早々に貴賓室から逃げたらしい。

二人きりの貴賓室。リュカ様は真剣な顔でこちらを見つめている。

「リュカ様の本気は伝わりました。求婚してくださったのは、とてもうれしいです」

エルヴァスティとは比べるまでもなく、ありがたいことこの上ない。

私にとっては、間違いなくリュカ様は救世主だ。

「さきほどもお返事したように、私はリュカ様からの求婚をお受けしたいと思っています」

「ありがとうございます！」

パァッと破顔したその顔がまたかっこよすぎる。

好き。

はっ、いけない。詳しく話を聞かなきゃ……。

「あの、私への求婚って、もしかしなくてもリュカ様が呪われたことと関係ありますよね？」

聖騎士が呪われるなんて、しかも加護つきの剣を持つ実力者が呪われるなんて聞いたことがない。

私は聖女だから、ときおり呪われた宝石や武器、人にお目にかかることはある。

けれど、ここまで強力なモヤを纏った人は初めてで、「よく生きているなぁ」というのが正直な感想だった。

それに、先日の花祭りで私が告白したときにはまだ呪われていなかった。

花飾りを渡してすぐに立ち去ったけれど、このモヤを見逃すなんてことはないはず。

「一体、いつどこで、どのようにして呪われたんですか？」

黒いモヤは今もゆらゆらと彼の背後で揺れていて、私はそれを興味深く観察する。

リュカ様は、ため息交じりに呪われた事情を話し出した。

「あの花祭りの日、アナベルと出会った後、私は王城に戻りました。お忍びで出かけられるフェリクス様の護衛をするために」

第二王子のフェリクス様は十七歳で、王太子に任ぜられるのではと噂の聡明《そうめい》な方だ。第一王子様も優秀だけれど、どうもお身体が弱いらしい。兄弟仲は良好で、即位に関連する目立った争いはないというのは知られている。

「フェリクス様は、婚約者をまだお決めになっていません。ですが今年に入って、気になるご令嬢が見つかったということでいよいよ婚約内定か、という状況でした。花祭りでは、そのお相手に会いに行く予定だったのです。ところが——」

リュカ様によると、護衛中に突然街で遭遇した男がとある壺《つぼ》を投げてきたらしい。主君を守るべく、私服で警護に当たっていた聖騎士たちは男を取り押さえた。

でもそのとき、壺を斬ったリュカ様が呪いのモヤに襲われたのだという。

「一瞬、目の前が真っ暗になり、気づいたときには地面に壺の破片が散乱していました。身体の内側にモヤが巣くっているような感覚があり、急いでフェリクス様や仲間たちから離れました」

ほかの人が呪いに巻き込まれるのを避けたかったんだろう。きっと恐怖や焦燥感でいっぱいだったはずなのに、よく他者のことを思いやれたものだと私は驚く。

「私が王城勤めの解呪師のところへ行っている間に、犯人の男は自害したそうです。どこかの貴族家の令嬢に頼まれた、とだけ口にして、その後すぐに血を吐いて力尽きたと聖騎士たちからは聞いています」

その男はただの実行犯。首謀者は別にいる。

聖騎士団では、「王子様に一方的に想いを寄せるどこかのご令嬢が、自分以外と結ばれるのは許せないと呪いを放った」という見方らしい。

結果的に、首謀者の目論見は失敗に終わり、不幸にも護衛のリュカ様が呪われてしまった。

そこまで聞いた後、私は視線をリュカ様から逸らし「う～ん」と小さく唸《うな》る。

「壺ですか……。呪いの道具としては、比較的よくある手ですね」

もちろん、人を呪うことは法で禁止されている。

呪いに関連する素材や道具は、厳しく入手制限がなされていて、規制に引っかかりにくい壺はよく用いられる道具だ。

リュカ様は静かに頷き、私の意見に同意を示す。そして、苦笑いで言った。

「アナベルが言ったように、壺で呪いをかけるのはよくある手です。だから最初は、すぐに解呪できるものと思っておりました。しかし、解呪師が呪いを分析した結果、解呪するには『真実の愛』が必要だと言われてしまって」

「はぃ？」

間抜けな声が出てしまったのは許して欲しい。

私はリュカ様に視線を戻すと、その目を見てぱちぱちと瞬きを繰り返した。

爽やかな笑顔だけれど、どう考えても笑っている場合ではない。

え？　え？　え？　真実の愛を見つけて呪いを解く？

私たちは、しばらく無言で見つめ合っていた。

呪いというと、聖女的な考え方からすれば「ありったけの神聖力を対象《リュカ様》に与えて解呪する」のが一般的だ。

一方で、解呪に条件が課される呪いがあるというのは知っている。

けれど、その条件があまりに曖昧じゃない？　真実の愛って、何で判断されるの？

私の混乱と疑問を察したリュカ様は、話の続きを始めた。

「具体的な方法がわからないんです、まだ誰にも。解呪師は、呪いの残滓《ざんし》を辿《たど》って分析し『真実の愛を見つけると呪いは解ける』と判断しましたが、その真実の愛とは果たして何なのか？　気持ちが通じ合ったら解けるのか、はたまたキスをすれば解けるのか……その手段がどうにもわからずに現在分析中です。けれど、ただ待つだけではいつ自分が呪いにやられるかわからない。何かできないかと思い悩んだ結果、私は気づいたのです。花祭りで私に告白してくれたアナベルがいたことを」

「私、ですか」

恐る恐る自分を指差すと、リュカ様は「ええ」と言って微笑んだ。

あぁ、何となくわかってきた。

この話の流れだと、この麗しい人の命が私にかかっている！

「アナベルは私に告白してくれました。つまり、慕ってくれているということですよね？　今、私には恋人も婚約者もいませんから、あとは私がアナベルを好きになれば真実の愛が見つけられるのでは、と思うんです」

希望を見出した、とでも言うかのようにキラキラとした目で見つめられ、私は気まずさにぐっと息が詰まる。

どうしよう。名前も知らない、ただ見た目がタイプっていうだけで思い出作りとして花飾りを渡しちゃったのに⁉

この人、真実の愛が見つからないと死んじゃうの⁉

いやぁぁぁ！　叫び声を上げなかっただけ、私は自分を褒めたい。

リュカ様は絶句している私を見て、少し不安げに呼びかけてくる。

「アナベル？　どうしました？」

「ははっ、ははは……。えーっと、その」

何て説明すればいいの⁉

胸が痛い。罪悪感がすごい。

しかも彼は、無意識で私に追い打ちをかける。

「アナベル、私はあなたの気持ちに応えたい。もちろん呪いを解く方法が『真実の愛を見つけること』であるのには違いないのですが、これは運命だと思いました」

「う、運命ですか……？」

「はい。私がこれまで特定のご令嬢に恋心を持たなかったのは、きっとアナベルに出会うためだったのでしょう」

「ものすごく前向きですね⁉」

まっすぐな性格なんだろうな。

思い込んだら強いというか、逞《たくま》しいというか、彼からは私と真実の愛を見つけて呪いを解くという強い意志を感じた。

ごくり、と生唾を飲み込んだ私は、ふと疑問に思ったことを口にする。

「あのですね？　あの日リュカ様に花飾りを渡したのって私だけじゃないですよね？　あなたほどの方ならばきっと山ほど花飾りをもらったと思うんですが」

恋愛に興味がない、世を儚《はかな》んでいた私に思い出作りを決起させたような美丈夫だ。モテないはずがない。

私はあのとき「どうせいっぱいもらうんだから、私の思い出作りにも協力して」って思ったのだ。だから私じゃなくて、もっとこの人に似合うご令嬢がいるのでは……？

ところが、神はここでも無慈悲だった。

「いえ、あの後すぐに仕事に入りまして。邸《やしき》や聖騎士の詰め所には花飾りが届いていたそうなのですが、直接受け取ったのはアナベルのものだけです」

「私だけ⁉」

とんでもない偶然が発生していた！

リュカ様は淋《さび》しげに笑い、ゆっくりと瞬きをした。

その愁いを帯びた表情に、私は胸がきゅんとなる。

この人を助けたい。そんな感情が湧きおこったのだ。ただし、そんなことが私にできるかは別問題である。

「真実の愛、ですか……」

あぁ、無理難題すぎる。自信がない。

自分の不甲斐《ふがい》なさを実感する。

けれどリュカ様は、どこまでも前向きだった。

「このままでは、私の命は呪いによってすり減ってしまいます。今はまだこうして普通の暮らしができていますが、いつ体調を崩して床に臥《ふ》せるかもわかりません。そんな危機に瀕《ひん》しているからこそ、恋や愛なんていう不確かなものを信じてみたくなりました。それに、何はどうあれこれも縁だと思うのです」

縁と言われればそうかもしれないけれど、相手が私っていうのが問題だわ。

私みたいな荒んだ聖女がいるなんて、思いもよらないいんじゃないかな⁉

清らかなあなたに、私はふさわしくない。そう告げようとすると、彼は優しく諭すように言った。

「それにアナベル。神官長から聞きました。来月には、あなたはエルヴァスティという商人に嫁ぐことが決まっていると……。神聖力が枯渇するまで人々のために尽くした結果、最後に自分にできることは教会に寄付をたくさんくれる相手に嫁いでほかの聖女たちの暮らしをよくすることだと、そう思って決断したそうですね？」

それは神官長の作り話ぃ！　私だって、できることなら変態商人に嫁ぎたくなんてない！

でも、でも、それは神官長が決めちゃったから！

逃げ場がないから諦めようとしていただけで、そんなお涙頂戴なお話ではまったくない。

自分が嫁いでほかの聖女たちの暮らしを～っていうのはちょっとだけ思っていたけれど、それだって私の犠牲をまったくのムダにしたくないっていうだけで、自分への慰めだ。

逃げられるものなら逃げたいよ！

「借金のことも聞いています。勝手をしてすみませんが、神官長には私が返済すると伝えました。呪いを解くための協力費用と考えていただけたら、と思います」

　至れり尽くせりすぎる。

　何だかもう、全部が夢かもしれないって思えてきたわ。

　その一方で、目の前には黒いモヤを背負った聖騎士がいる。こんなに想像力が豊かな夢は見れる自信がない。

　やはり現実なのだ。

「リュカ様は、神聖力のない私に呪いが解けると？」

　真実の愛を見つけるって、それは私がリュカ様のことを好きな前提で話が進んでいるけれど、それと同時にこの人が私を好きにならないといけない。

　こんなに心が荒んだ聖女を、主を庇《かば》って呪われちゃうような聖騎士が好きになれる⁉

　難易度が高い！

　不安しかない私。でもリュカ様は、真実の愛が見つかると信じているようだった。

「大事なのは神聖力ではありません。私たちが愛し合えるかどうかです。私は花飾りだけを渡して去って行くアナベルを見て、かわいらしいと思いました。自分の思いを押し付けるようなことはせず、名前も名乗らず去って行くあなたに好感を持ったのです」

　うん、いけるってまったく思ってなかったから……。

　だいたい、呪われてなかったらリュカ様もわざわざ私を探さなかったよね……？

考えていたことがわかったのか、リュカ様は申し訳なさそうに眉尻を下げる。

「確かに、呪いのことがなければあなたを探そうと思わなかったでしょう。ですが、今の私は、あなたとの可能性に賭けたい」

「——っ！」

まさに、人生を懸けた大勝負。博打が過ぎると思うけれど、もうほかに方法はないのだと言われるとそうかもしれない。

多分、これから新しい相手を探していたらリュカ様の身がもたない。強大な呪いの力に呑《の》まれてしまう前に、できうる限りのことをしてこの人を助けなければ。

私はぎゅっと握り締めた拳を、さらに強く握った。

何をしてでも、リュカ様の呪いを解いてあげたい。

役立たずになった私に、それでもいいと言ってくれる優しい人を見殺しにはできない。

この人に、生きて欲しい。

「アナベル？」

黙っていたら、窺うように名を呼ばれた。

強く逞しい聖騎士に縋られるなんて、聖女冥利に尽きる。

私は顔を上げると、彼の目を見て笑いかけた。

「心配しないでください。一度了承したからには求婚をお受けします。私……あなたに好きになってもらえるようにがんばります！」

心が荒んだ、役立たず聖女にどこまでできるか。

まるで戦場へ向かう騎士のような心持ちだ。

やる前から逃げるわけにはいかない。私は彼を、生かしてみせる！

「やりましょう！　リュカ様の呪いを解きましょう‼」

勢いよく立ち上がった私は、絶対に呪いを解いてやると意気込む。

リュカ様も立ち上がり、そして感極まったように破顔した。

「アナベル……！　ありがとうございます！」

私たちは固い握手を交わし、真実の愛を見つけるべく共闘（？）することを誓う。

こうなったら善は急げ、ということで私は婚約に必要な書類にサインして、少ない荷物を纏めた。そして皆に簡単な挨拶をすると、リュカ様と同じ馬車に乗って彼の住むお邸へと向かうのだった。


リュカ様の住んでいるルグラン侯爵邸は、王都の北に位置する貴族街にある。

私がいた聖ヴィゴール第一教会とは、湖にかかる橋を渡り、馬車で一時間ほどの距離だった。

薄茶色の壁に囲まれた貴族街は、道がしっかり舗装されていて、乗っている馬車が上質なものであることを差し引いても快適に移動できる。

煌びやかな建物が並ぶ街は、教会とはまるで別世界だ。

私はずっと窓の外を眺めていて、胸が躍るような気分になる。

「すごい……！」

ルグラン侯爵邸の敷地に入ると、その美しい庭を見て感嘆の声が漏れる。

リュカ様は先に馬車を降りると、私のためにスッと手を差し伸べてエスコートしてくれた。

大きな手に自分の手を重ねると、ちょっとだけどきりとした。足を踏み外さないよう注意して、長い法衣の裾をもう片方の手で軽く持ち上げつつ馬車を降りる。

顔を上げると、目の前には色とりどりの花が咲く豪華絢爛《けんらん》な庭園。木々は明るい黄緑色の葉を茂らし、白い小鳥や蝶《ちょう》が飛んでいる。

私は興奮を抑えきれず、ついはしゃいでしまった。

「リュカ様！　すごいです、噴水があります！　しかもこっちには人工の小川まで⁉　魚がいます！」

まだ邸に入ってもいないのに、庭を歩くだけであちこち目を留めては立ち止まり、嬉々《きき》として声を上げる。

十一年間暮らした第一教会とは、雲泥の差。走り回りたいくらい興奮している。

感傷？　そんなものはない‼

私は今、『教会脱出ハイ』だった。

「ここは楽園か何かですか？　天国にやってきた気分です……！」

この喜びは、何と表現すればいい？

自由って素晴らしい。

身体中から、鬱々としたものが抜けていくようで清々しく思う。

小さな笑い声が漏れ聞こえ、隣を見るとリュカ様が笑いを堪えていた。私に失礼だと思ったらしく、何とか堪えようとしているのがわかる。

「ふっ……」

しまった。やってしまった。

私は恥ずかしくなり、目を伏せて首を竦《すく》めた。

「……すみません。教会から出られて、うれしさのあまりはしゃいでしまいました」

こんなに鬱憤が溜《た》まっていたなんて、自分でも知らなかったわ。

急におとなしくなった私を見て、リュカ様は慌てて謝罪を始める。

「いえ、すみません、私の方こそ笑ってしまって……！」

リュカ様は気分を害してはいないみたいで、そこは安心した。ちらりと上目遣いで顔色を窺うと、彼はふわりと柔らかく微笑む。

「アナベルがあまりにかわいくて、つい」

それは、幼児に対するかわいいと同じようなものでは。お世辞とフォローが入り混じった言葉だとはわかるので、明日からもうちょっと淑やかな女性を目指そう。

リュカ様は、温かな眼差しを私に向ける。

「生まれたときから目にしていた光景なので、近頃では庭をよく見て回ることもありませんでした。アナベルがこんなにも喜んでくれて、私はうれしいです。…………教会の皆さんの反応を見る限り、あなたに酷なことを頼んだのだと気づかされ、申し訳なく思っていましたので」

「リュカ様……」

教会を出たときのことを言っているのだろう。

神官長は満面の笑みを浮かべて揉み手で私たちを見送ったけれど、ミスティアたち聖女の顔つきは悲愴感たっぷりだった。

リュカ様の手前、皆は口にしなかったけれど「いくらエリート聖騎士でも呪われている人と結婚するのは嫌」とそう顔に書いてあった。

私に対する「かわいそう」がひしひしと伝わってきたのだ。

でも、私はまったくそんなこと思っていない。だって、エルヴァスティとの二択よ⁉

リュカ様には、心から感謝している。

私は顔を上げ、彼の手を両手で握ってきっぱりと告げた。

「私たち、協力してリュカ様の呪いを解くって決めたじゃないですか。そんな顔しないでください。私は納得して求婚を受け入れたんです。誰が何と言おうと、この手を離しません」

「アナベル」

長い髪がさらさらと風に舞う。

私は幸せです。

そう伝えたくて、にっこりと笑みを深めて見せた。すると、彼も柔らかな笑みに変わる。

うん、大丈夫。微笑み合っていたら、何とかなりそうな気がしてきた。

「がんばって、呪いを解きましょうね」

真っ黒なモヤを背負ったこの人が、今日から私の婚約者なのだ。女は度胸だ、役立たずでも何かできることはあるはず。

リュカ様は再び私の手を引き、邸の中へと向かった。


玄関前には、ずらりと並んだ使用人たち。

ダンディでスマートな執事のおじさま、茶髪を後ろですっきりまとめたメイド長、フットマンなどリュカ様を支える使用人の皆さんに挨拶をすると、私は婚約者用に整えられた部屋へ案内された。

アイボリーの壁は、幸福の象徴とされる丸いリーフの模様が描かれている。

私室の隣には寝室と浴室、そして衣装部屋までが私専用らしい。

「こんなに広くてきれいな部屋を、私に……？」

教会ではずっとミスティアと二人部屋だったし、ベッドが二つと衣装棚《クローゼット》が一つ、ほかは共用という環境だったので、私は驚きで目を瞠《みは》った。

リュカ様は、さも当然という風に説明をする。

「あなたが来てくれるという前提で勝手に衣装などを用意しましたが、必要な物や欲しい物があればメイドに伝えてください。今あるドレスは既製品なので、明日以降にドレスサロンの者を呼んで、アナベルに合うものを作らせる予定ではありますが」

「まだ作るんですか⁉　これ以上⁉」

すでに、衣装部屋には普段着からドレスまで衣装がぎっしりだ。

貴族って、こんなに衣装が必要なの？　聖女なんて、普段着と法衣と寝巻の三着なのに？

困惑する私を見て、リュカ様は苦笑いする。

「ご令嬢方は、一日三回は着替えるそうです。それに、茶会や夜会など、それぞれの場に応じた衣装が必要だとメイド長から聞いています」

「うわぁ……」

貴族って、何だか大変そう。優雅な暮らしは、実は優雅ではないのかもしれない。そんな懸念を抱く。

リュカ様は、晩餐《ばんさん》まで私にゆっくり寛ぐように告げ、自分は少し仕事があるからと同じ二階フロアにある執務室へ向かおうとした。

呆気に取られていた私は、ここでようやくお礼を言わねばと気づき、居住まいを正す。

「リュカ様、本当にありがとうございました」

ドアノブに手をかけていたリュカ様は、私の言葉にきょとんとした顔をする。そして、少しだけ首を傾け、優しい声音で言った。

「いいえ、婚約者として当然のことをしただけです。それに、服は生活する上で必要ですから」

にこっと微笑むリュカ様に向かって、私は真剣な顔でさらに礼を述べる。

衣装のことだけじゃなくて、まだちゃんとお礼を言っていなかったから。

「それもありますが、借金のことも……。本当に、ありがとうございました」

エルヴァスティに売られずに済んだ。この奇跡には感謝してもしきれない。

心の底からお礼を伝えると、リュカ様は少し驚いた顔をした。

「あの、何か？」

なぜ驚かれているのかわからず、私は首を傾げる。

彼は、少し間を置いてから答えた。

「いえ、ちょっと意外でした。私はあなたを強引に連れてきてしまったのに、そのように礼を言ってもらえるなど」

「全然強引じゃなかったですよ？　お礼を言うのは当然です」

「そう、ですか……？　私がよく会う城詰めの聖女様方は、もっと淡々としていらっしゃるので意外でした。何をしても反応は薄く、気位の高い方ばかりですので聖騎士に感謝することなどありません」

「あぁ～、彼女たちは選ばれし者だという意識が強いですからね」

王城に入れるような聖女は、出身も貴族階級だし、もちろん能力も高い。だから自分たちは別格だと、尊い者だという自負がある。

直接会ったことはないけれど、噂ではかなり傲慢で高飛車なお嬢様たちだと聞いている。

聖騎士のリュカ様は、普段その聖女たちを見ているから、私の態度に驚いたらしい。

あぁ、でもそんな生粋のご令嬢聖女を知っているなら、私みたいな平民聖女がリュカ様の相手だなんてちょっと申し訳なくなるなぁ。

私は、あははとごまかすように笑って言った。

「ドレスが似合うような婚約者じゃなくて、申し訳ないですけどね」

呪いのことがあるから、ドレスうんぬんは関係ない。

私もそれはわかっているけれど、どうしてもこの煌めく美貌の聖騎士様の隣に立つと思ったら、引け目はある。

外見もこれから何とかしよう。そう思っていると、リュカ様はまじめな顔つきで言った。

「似合うと思いますよ、どんな衣装も」

「へ……」

「まだ今日一日の婚約期間ですが、私はアナベルでよかったと思っています。あなたが優しい女性で安心しました」

そんなことを言われたら、誰だってぐっとくると思う。

私はそれを社交辞令だとさらりと躱《かわ》すことも、冗談だと流すこともできず、まともに受け止めて赤面してしまった。

「では、また晩餐で」

パタンと静かに閉まる扉の前、一人きりになった私はへろへろとその場に座り込む。

「……聖騎士、恐るべし」

何なの、あの破壊力⁉　美形で家柄もよくて、性格もいいって一体どういうこと⁉

同じ人間と思えない。いい人すぎる。

え、私のこと殺す気⁉　初日からこんな感じじゃ、心臓がもたないわ！

平常心、平常心を取り戻さないと……。

激しく鳴る胸を手で押さえ、深呼吸を繰り返してようやく落ち着くことができた。

「まずは、呪いに対抗する手段を考えないとね」

真実の愛は、そんなにすぐどうにかなるものじゃない。だからまずは、リュカ様の体力や神聖力を高めることに尽力しよう。

私は教会から持ってきた少ない荷物を漁り、古びた手帳を取り出し、それをじっくりと読み返すのだった。

【第二章】　真実の愛って何ですか？

教会からルグラン邸へやってきて、早三日。

同じテーブルについて夕食をとるリュカ様は、呪われていても神聖な雰囲気を醸し出していた。

その背には、もう見慣れつつある漆黒のモヤ。未《いま》だ彼が元気に過ごしていられるのは、聖騎士になれるほどの体力や精神力、そして何より体内にある神聖力のおかげだろう。

呪われていても、彼は毎日聖騎士として登城し、仕事をこなしている。

本来は遠征や夜勤もあるそうだが、さすがにそれは呪いが解けるまでやめておけと第二王子様から直々に命じられたという。

城には解呪専門の魔法師たちがいて、リュカ様の呪いについて調べてくれているのだが、依然として『真実の愛』については不明瞭なままだ。

今日、リュカ様は日暮れ前に邸《やしき》へ戻ってきて、聖騎士の隊服からシャツやトラウザーズなどのラフな服装に着替え、私と共に一階にある食堂へやってきた。

「本当においしそうに食べますね、アナベルは」

彼はすでに出された料理を食べ終えていて、私が温野菜とハムを次々とお腹に収めていく様子をのんびりと眺めている。

あまり見られると食べにくいのだけれど、彼は毎日こうして私が食べる様子をうれしそうに目を細めて観察していた。

「すっごくおいしいので、いくらでも食べられそうです」

私が満面の笑みでそう言うと、リュカ様は優しい眼差しで頷《うなず》く。

「料理人が、作り甲斐《がい》があると喜んでいたそうです。私はこれまで、部屋で簡単な食事をとることが多かったですから」

作り甲斐がある、なんて食べ盛りの少年がやってきたみたいな反応だわ。

もしかして、普通のご令嬢と比べて私は食べすぎなのかしら……？

わずかに残っていた羞恥心が疼《うず》くも、ここの食事がおいしすぎて、ナイフとフォークが止まらない。

教会の食事とは、その素材から調理方法、味付け、メニューの豊富さ、すべてにおいてまったく違う。

ふかふかの白いパン、肉汁がジューシーな鶏の丸焼き、貴重な白身魚と野菜のスープ、何が入っているか見当もつかないがとにかくおいしいソースなど、私は人生で一番の幸せを味わっていた。

生きててよかった……！

口内に広がる肉の旨味を堪能していると、リュカ様が何かふと思い出したように口を開く。

「そういえば、本当に欲しい物はないのですか？　メイド長から、あなたが何も望まないと報告があったのですが」

私はもぐもぐと口を動かし、ゴクンとそれらを飲み込んだ後、返答を待ってくれていたリュカ様に笑いかける。

「必要な物はすでにお部屋に揃《そろ》えていただいていますから、私からは特にありません」

昨日はドレスサロンの人たちがやって来て、オーダーメイドのドレスを作るために、採寸、採寸、また採寸というように全身をくまなく計測された。既製品のドレスは、それと同時進行でお針子さんたちによって裾や胴回りを素早く詰められ、私サイズに変わっている。

そもそも、どこへ出かける予定もないのでドレスがなくても困らない。

「何か欲しくなったときは、その都度ご相談させてもらいます」

考えてみれば、私の存在意義はリュカ様に好きになってもらうことがすべてなわけで、おしゃれをするのは彼のためだ。

とはいえ、このまじめで誠実な人が、着飾った程度で女に惚《ほ》れるのかというと疑問である。

一体どうすれば、恋や愛が芽生えるのかわからない。

教会育ちの恋愛経験ゼロという、自分の欠点が浮き彫りになっている。

「わかりました。遠慮だけはしないでくださいね？」

リュカ様は私を連れて来た負い目を感じているのか、それとも婚約者としての義務なのか、とても気遣ってくれる。

邸の使用人たちも、主人の婚約者に不自由がないように……と優しく接してくれていた。

彼らは、私たちの婚約の真相を知らない。

執事やリュカ様の従者など、事情を聞かされているのは一部の人間だけだ。リュカ様の呪いのモヤが見えるのは、神聖力がある者だけで、一般の使用人は主人が呪われたことすら気づいていない。

視える人には事情を話さなきゃいけないけれど、「何も視えない人に主人が呪われたことをあえて話して不安を煽《あお》る必要はない」というリュカ様の意向で秘密とされている。

私はグラスの水をごくりと飲むと、ほぅっと一息ついて食事を終えた。

そのとき、リュカ様の従者・オーレリアンさんが食堂へタイミングよく入ってきた。

彼は澄ました顔で私を一瞥《いちべつ》すると、食べ終わっていることを確認してリュカ様に話しかける。

「城から書簡が届いています」

それを聞いてリュカ様は、軽く頷いて席を立つ。

「アナベル、私は先に失礼します。執務室にいますから、何か用事があればそこへ」

「はい、ありがとうございます」

彼はかすかに微笑むと、オーレリアンさんから書簡を受け取り、食堂を出て行った。

一人残された私は、紅茶を一口飲んでから部屋へ戻る。

給仕の女性に「おいしかったです」と告げ、一人で廊下へ出ると、先に扉から出たはずのオーレリアンさんがぶすっとした顔で待機していた。

「…………」

二十三歳のオーレリアンさんは、ルグラン家の遠縁にあたる伯爵家の三男で、五年前からリュカ様の従者として公私ともにそばにいるという。

初日にリュカ様から彼を紹介されたときは、赤茶色の髪が艶やかなクール系従者という彼の容姿に「さすが侯爵家の従者は見た目も華やかだなぁ」とどうでもいい感想を抱いた。

前髪が右側だけ長く、気位が高そうな印象は実際に喋《しゃべ》ってみるとその通りだった。

目が合ったのでへらりと笑ってみると、何の反応もなく、彼はそっけない態度で先に歩き始める。

「主より、婚約者を部屋まで送れとのご命令だ」

「そうですか〜。それはお仕事を増やしてすみませんね」

部屋へ戻るくらい一人で大丈夫なのに。リュカ様はとても過保護だわ。

オーレリアンさんは、リュカ様の呪いのことを知っている。

リュカ様のことを尊敬していて、心から慕っているからこそ、私みたいな聖女があの素晴らしい人の婚約者だということが認められないらしい。

彼は長い脚でさっさと廊下を歩いて行き、私との距離はだんだんと開いていく。

送ってもらう気がない私は、わざとゆっくり歩き、廊下の途中で絵画を眺めて時間をつぶした。

するとしばらくして、オーレリアンさんが慌てて戻ってきた。

「おいっ！　なぜついてこない⁉」

意外に早く気づいたのね、と私は絵画の方を向いたまま、横目でちらりと彼を見た。

からかい甲斐があるかもしれない、とちょっと思ってしまったのは秘密だ。

「絵などまた明日見ればいい。私は、おまえを部屋へ送り、早くリュカ様のところへ行かなくてはいけないんだ」

「え、私のことは放っておいて、行っていいですよ？　お構いなく」

「そんなことできるわけないだろう⁉」

怒りっぽい人だな。

ぷりぷりカリカリしているのが、ちょっとかわいく思えてきた。

「こんな女がリュカ様の婚約者だなど……」

オーレリアンさんは、私に聞こえよがしにそう嘆く。

いかにも、鬱陶《うっとう》しい、煩わしいというようなそぶりは彼の本心だろう。

従者としてこの態度はいかがなものか、と思いつつも「教会のイジメや嫌がらせに比べたら、何と生ぬるいことか」と、つい笑ってしまった。

「オーレリアンさん。そんな風に冷たくしても、私は泣いたり出て行ったりしませんよ？　どうせ嫌がらせするなら、最初はいい顔してしっかり信頼を得た後で、騙《だま》して誘い出して真冬の地下室に閉じ込めるくらいやらないと。精神攻撃と物理攻撃は同時であってこそ、相乗効果が見込めると思います」

「おまえはどこの地獄出身だ」

「聖ヴィゴール第一教会です」

聖女同士の諍《いさか》いは、陰湿なのだ。

伯爵家育ちのお坊ちゃんが考えつく嫌味など、しかも真正面から意見してくるなんて子どものいたずらより甘っちょろいわ。

私がにこにこ笑っていると、オーレリアンさんは呆《あき》れ顔でため息をついた。

「真実の愛を見つけるなど、おまえには荷が重いだろう。神聖力がなくなった女に出る幕はない。おとなしく身を引け」

その言葉に、私はきょとんとした顔になる。

身を引けと言われても、と今度は私がため息をついた。

「あのですね、私を望んだのはリュカ様なんです。私が身を引いて、彼の呪いが解けるならそうしますよ？　でもそうじゃないから、私はこうしてここにいるんです。あなたも主人を慕う従者なら、ちっさいことグチグチ言ってないで、真実の愛探しに手を貸したらどうです？」

「正論すぎてますます腹立たしい」

「ほほほほほほ、小姑《こじゅうと》には負けませんわよ」

「誰が小姑だ、誰が」

イライラした様子の彼の隣を、私はすっとすり抜ける。

「さぁ、部屋へ戻りますよ？　急いでいるんでしょう？」

「――っ！　おまえが言うな！」

私は笑いながら、重たいドレスの裾を両手で軽く持ち上げ、小走りで廊下を駆ける。

部屋に着くと、追って来ていたオーレリアンさんに笑顔で手を振り「おやすみなさい」と言って扉を閉めた。

彼とは今後も楽しめそうだな、と心の中で呟《つぶや》き、私はにやりとする。

「さてと、リュカ様を助ける方法を考えなきゃ」

神聖力はほとんどないけれど、私は働きますよ！

きっとできることはたくさんある。

テーブルの上に置いてあった手帳を手に取り、私は続き間になっている衣装部屋へと向かった。

◆◆◆

それからまた、数日が経った。

城へ向かうリュカ様を見送った後、私は自分の部屋に戻って『内職』を始める。

テーブルの上には、用意してもらった裁縫道具と聖水入りの瓶、それに特殊な糸などが並んでいた。これらはすべて、昨日私付きのメイドであるシェリーナにリストを渡して注文してもらったものだ。

私はこれで、リュカ様の延命に役立つものを作ろうと思っている。

神聖力がなくても、十一年間も教会にいたから幸いにも豊富な知識はあった。

私にできることは全部やって、彼の力になりたい。

ただし、まだ届いていない素材もあり、なかなか肝心な作業ができずにいた。

「ようやく形になりそうなのに、肝心な中身がないのよね～」

窓の外は、まだ陽が十分に高い。今から取りかかれば、リュカ様が戻ってくる夜には仕上がるのに……。そんなことを思っていると、扉をノックする軽い音が聞こえ、メイドのシェリーナが入ってきた。

その手には、大きな袋を二つ持っている。

「アナベル様、たった今商人がご依頼の物を持ってきました！」

紺色のメイド服を着たシェリーナは、十六歳らしいあどけなさの残る笑みを向ける。

「ありがとう！」

私はすぐさま彼女から袋を受け取り、テーブルにそれらを広げ中身を確認した。

「刺繍《ししゅう》糸に神聖力を通す生地、うん、新芽や花もきれいな状態で揃っているわ」

よかった。全部指定通りに揃えてあるわ。

春の終わりだから、新芽が手に入るか不安だったけれど、侯爵家お抱えの商人たちががんばってくれたみたい。

私はすでに作っていたお守り袋になる予定のものたちをテーブルの端へ寄せ、古びた手帳を見ながら手順通りに新しい素材を並べていく。

「アナベル様、これで何ができるのですか？」

シェリーナが不思議そうに尋ねる。

私は彼女の顔を見て、笑顔で答えた。

「リュカ様にお守りや香袋を作ろうと思っているの。教会でよく見かけるでしょう？」

礼拝や式典に参加したことがあるなら、そこで売られているお守りなどを見たことがあるはず。神聖力を高め、魔を祓《はら》うといわれるそれらは、実は聖女や神官見習いが地道に内職しているのだ。

シェリーナは思い当たることがあったのか、「あれですか」と納得した様子だった。

お守りというと気休め程度の効果のものが多いけれど、私が作る予定のものはちょっと違う。

教会の光と闇を知る私だからできる、リュカ様のためだけの特別なお守りだ。しかもその効果はお守りだけに留まらず、身に着ける様々なものに付与することができる。

「ねぇ、リュカ様のハンカチや上着、シャツなんかにも刺繍がしたいの。いくつか持ってきてもらうことはできるかしら？」

勝手に持ち出してもいいものか、と不安に思ったけれど、シェリーナはメイド長に確認して許可をもらってくれた。

できたメイドだ。さすが名家の使用人。

それから五時間、私は部屋から一歩も出ず、一人で地道に内職を続けた。

窓の外が美しい茜色《あかねいろ》に染まった頃、リュカ様を乗せた馬車が邸へ戻ってきた。

「おかえりなさいませ、リュカ様」

「ただいま戻りました」

相変わらず麗しい笑顔、そして真っ黒いモヤも変化なし。

今日も彼は元気に呪われている。

私は婚約者らしく彼を出迎え、「食事の前に二人で話がしたい」とお願いして時間をもらった。

リュカ様は笑顔で頷き、オーレリアンさんにお茶を淹《い》れるよう指示をする。

「何か困ったことでもありましたか？」

オーレリアンさんが部屋を出ると、二人きりになったタイミングでリュカ様が窺《うかが》うようにそう尋ねた。

私は「いいえ」とすぐに否定し、持ってきていた今日の成果物をテーブルの上に並べる。

「リュカ様にこれをお渡ししたくて」

彼は、私の手にある香袋を見て不思議そうな顔をした。

一般的に香袋は男性が持つ物ではないので、もしかするとこれが何かもわかっていないのかもしれない。

「これは、高い神聖力を宿すと言われている木々の新芽を集めて作った香袋です。この状態だとただのいい匂いのする香袋なんですが、神聖力を込めることで呪いに対抗できるお守りになります」

「なるほど」

彼はそれを右手で握ると、剣に神聖力を込める要領で香袋に力を宿していく。

淡い光に包まれたそれはしばらくすると元通りになり、ただの香袋から神聖力を凝縮させたお守りへと進化を遂げた。

「教会で売っているお守りも、このようにして作られているのですか？」

まじまじとそれを見ながら、リュカ様は尋ねる。

「はい。そんなに神聖力のない聖女見習いたちは、まずお守りを作ることが仕事になります」

リュカ様が神聖力を込めたお守りは、値がつけられないくらいの効力を持っているはず。

呪いに蝕《むしば》まれていると、体調不良のほかにも霊をはじめとする「善くないもの」が集まってくるから、神聖力を発するお守りは役立つはず。

それにしても、さすがは聖騎士。思った以上の効力の高さに、私は驚きと歓喜を抱く。

そのとき、彼はあることに気づいて疑問を口にした。

「これってかなり役立つものですよね？　でも教会で売られているお守りは、効果が低いものしかない。神官や聖女たちがこぞって神聖力を込めれば、もっと人々の役に立つのでは？」

もうそこに気づきましたか。

私は「清らかなリュカ様に真実を告げていいものか」と思ったけれど、それほど間を置かず本当のことを伝えた。

「リュカ様、拝金主義って知っていますか？　今の教会はお金儲《もう》けを信条にしていて、あまり効果のあるお守りを作らないようにしているんです。効果がありすぎると、治療や療養に来る人が減っちゃいますから。それに、病が早く治りすぎたら、教会に通う回数が減って治療費が少なくなってしまいます。すべては大司教様の方針です」

「……教会がそんなことになっているとは」

リュカ様は、苦悶《くもん》の表情を浮かべる。

彼だって貴族だから、権力争いや利権に群がる汚い輩《やから》を見たことはあるだろう。でも、まさか国教である聖ヴィゴール教会が拝金主義に染まっているとは思っていなかったみたい。

私は視線を落とし、苦笑いで続きを話す。

「神聖力に耐えられる布や糸、それに新芽は貴重なのでむやみやたらにお守りを作ることは物理的に不可能なんですけれど、もっと作れるのに作らないという部分は完全に計画的です。あ、リュカ様に差しあげたお手製お守りは人に見せないでくださいね？　作り方が広まったら教会に目をつけられちゃいますから」

彼は静かに頷き、お守りを胸のポケットにしまった。

その瞬間、突如として真剣な眼差しに変わり、私はどきりとする。

「これが人に知れると、アナベルに危険が及ぶのですか？」

紫紺色の瞳から、私のことを心から案じてくれていると伝わってくる。

リュカ様以外にそんな目で私を見つめる人はいないから、何となく落ち着かなくなって目を逸らしてしまった。

「えーっと、その可能性は無きにしも非《あら》ずでして、なので黙っていてくれると助かるなぁとは思います」

手持無沙汰で、冷めかけた紅茶のカップに手を伸ばす。

リュカ様はまっすぐで、ときおり何もかも見透かされそうで怖くなる。

すべてがどうでもいいと、諦めて、投げやりになって、感情の起伏をあえて抑えて生きてきた私だから、彼の思いやりや親愛の情をどう受け止めていいかわからなくなるのだ。

十分よくしてもらっているのに、この人に笑ってほしい、愛されたいとすら思ってしまいそう。ただ見た目が好みだったから、花飾りを渡したのに。

自分でも不思議なくらい、私はこの人のことを好きになりかけているのだと気づく。

「アナベル？」

ぼんやりしていると、リュカ様の低い声が耳に届いた。

私は慌てて、話を戻す。

「あぁっ、すみません。あの、ほかにもリュカ様のお身体《からだ》によさそうなものを用意しました。数日後には茶葉や食材も届くでしょうが、それらにも呪いの障りを薄める効果はわずかながらあると思います。明日は街へ出て、それらしい書物や材料を探してきますね」

「ありがとうございます」

リュカ様はふわりと笑い、礼を述べる。

私もつられて微笑んだ。

あぁ、この笑顔が見られるだけで、無償労働だってできそう。

荒んだ気持ちが浄化されていくみたい。

リュカ様そのものが、浄化のお守りじゃないかしらね？

思わず拝んでいると、彼はテーブルの上にあったハンカチに目を留める。

「これは？」

変わった模様だと思ったのだろう。

二重になった円の内側に、雪の結晶に似た模様が幾つもある。リュカ様のハンカチやタイに、私が刺繍したそれは聖騎士でも初めて見るくらい門外不出の紋章だ。

「初代聖女様が考えたといわれている聖紋です。聖女が念を込めながら刺繍すると、神聖力を宿した護符みたいになるそうです。呪われていると善くないものも集まってくると言われていますから、それを跳ね返せる効果を期待して聖紋を刺繍してみました」

「アナベルが？」

なぜそんなものを知っているのか、とその目が問う。

「はい。教会にあった禁書を見て覚えましたので」

「禁書……？」

教会の警備は、基本的に神聖力がカギとなっている。昔は神聖力が強かったから、いろんな場所に忍び込んでいた。

まさか、宝物庫や禁書庫に不法侵入して覚えた知識が役に立つとは……！

リュカ様は、お守りといい聖紋といい、私が絶対に公《おおやけ》にできないような危険を冒したのだということを察知する。

彼はぎゅっとハンカチを握りしめ、目を閉じて言った。

「大切にします。あなたが私のために作ってくれたものですから」

リュカ様が、喜んでくれている。

それだけで私はがんばって作ってよかったと思った。

初めて報われたと思った。

ただ、リュカ様があまりにうれしそうで、純粋に感動したというオーラを放ってるから何となく気まずい。

禁書を盗み見るという、私の邪《よこしま》な行動から生まれた刺繍入りハンカチがこんなに神聖なものに見えてくるなんて……。

リュカ様の発する清らかな空気が、すべてを許してくれるような気がする。

私まで清らかになった気がするから不思議だわ。

神様、この世にリュカ様を生み出してくれてありがとうございます。

胸に手を当て、じーんと感動していると、彼がぽつりと呟くのが聞こえる。

「何としても、呪いを解かねばなりませんね」

その言葉に、私は深く頷く。

見つめ合うと、今まで以上に心地よく、穏やかな空気が流れているような気がした。

しばらくの沈黙の後、リュカ様がおもむろに今日あったことを報告してくれた。

「私の方も、進展がありました。今日は解呪師からさらに詳しい分析を聞いてきたんです。壺《つぼ》のカケラから呪いの残滓《ざんし》を辿《たど》った結果、呪いの核はまだ犯人が持っている可能性が高いそうです」

「呪いの核、ですか」

呪いは、何かと引き換えにしないと生み出せない。誰かを呪うと、その代償が必要になる。

犯人自身が健康を損なったり、髪が抜け落ちたり、寿命が縮んだり……。呪いの規模によってその代償は異なってくるが、代償は必ず発生する。

けれど、核となる宝石があればそれを防ぐことができるのだ。

「呪いの代償を受けられる宝石を用意できるってことは、犯人はそれなりの身分にあってお金持ちってことですよね」

フェリクス様を慕うご令嬢が犯人だという説が、ますます現実味を帯びる。

「そうなりますね。しかも呪いの核にできるほどの宝石は、巷《ちまた》に出回っていません。解呪師によると、核はラピスラズリではないかとの見立てでした。呪いを解く条件が真実の愛、というところからの推察だそうです」

「核によって、呪いを解く方法に共通点があるんですか？　それは知りませんでした。聖女が呪いを解くときは、神聖力で真っ向から呪いに対抗するので」

教会では、呪いを解く＝神聖力をぶつけるという図式になるから、解く方法と呪いの核に法則があるなんて考えもしなかった。

「アナベルは、呪いを解いたことがあるんですか？」

リュカ様は驚いたように問いかける。

「神聖力が強かった頃は何度か。命にかかわるような呪いはありませんでしたが……」

呪われた人と両手を合わせ、ありったけの神聖力を注ぎ込む。それで呪いは完全に消滅するから、核の存在なんて気にしたことはなかった。

リュカ様の呪いも、私に以前ほどの神聖力があれば解呪することができたかもしれない。

けれど、それだって――

「呪いの核がある限り、リュカ様の背負っているモヤだけ消してもダメってことですよね？」

「はい、そうです。呪いの核を見つけ出し、破壊しなくてはいけません。とはいえ、犯人を見つけ出すのは容易ではないので、真実の愛を見つけ呪いを解くことも重要だと思われます。加えて、何かほかにも希望が見つかるといいんですが……」

手段は多い方がいい。

私は必死で頭を巡らせる。

「う〜ん。呪った令嬢を見つけ出して、殺《や》るとか……？」

核が見つからずとも、呪いをかけた本人が死ねば呪いは解ける。絞り出した方法は、世にも物騒なものだった。

リュカ様は唖然《あぜん》とした顔つきで、私を見つめる。

「あなた聖女ですよね……？」

しまった、つい本音が！

好きになってもらわないといけないのに、絶対に余計な一言だった。

私はごまかそうと、必死で笑顔を作る。

「やだ、あくまで手段の話ですよ？　私自身がそうしたいって思ってるわけじゃないですよ〜？」

「そ、そうですよね」

「はい！　もちろん〜」

二人で少々引き攣《つ》った笑いを浮かべていると、タイミングよく扉をノックする音が聞こえてきた。

――コンコン。

「旦那様、アナベル様。お食事のご用意ができました」

リュカ様はお守りやハンカチなどを片づけてから食堂へ向かうというので、私は先に部屋を出る。

廊下に出ると、シェリーナが笑顔で待っていた。私は彼女と共に、長い廊下を歩く。

「はぁ……」

危ない。長く喋っていると、私が荒んでいることがバレてしまう。

こんなことじゃ嫌われてしまう可能性が……！

なるべく心の汚さは隠し通そう、改めてそう決意するのだった。

◆◆◆

ルグラン邸には、リュカ様と私のいる母屋のほかに、四つの大きな別棟がある。

案内されたときは「どれだけ広いの⁉」と目を瞠《みは》ったけれど、使用人の居住棟やもろもろ別の建物もあると聞いたらもう覚えるのは無理だと脳が放棄し始めた。

母屋の窓から見える棟は、お隣の家だと思っていたわ。

歩いていくのがちょっと面倒なくらい距離がある。まさか、あそこもルグラン邸の一部だったとは……。

私が婚約者としてルグラン邸に住み、早一ヵ月。

リュカ様の体調にこれといった変化はなく、呪いをかけた犯人も見つからず。

第二王子・フェリクス様は、どうしてもリュカ様を死なせたくないと言って解呪師たちをせっついているそうだが、王子様を狙っただけあって犯人はなかなか狡猾《こうかつ》に行ったらしい。

私はできる限りリュカ様のそばにいて、親睦を深めることしかできることがなかった。

「このままじゃ、ただメシ食らいだな」

「そうですねぇ」

ルグラン邸で、私にこんなことを言ってくるのはただ一人。

リュカ様の従者であるオーレリアンさんだ。

彼は残念ながら、未だに私を敵視していて、顔を合わせるとお小言をくれる。

「神聖力が枯れた聖女と婚約しても、やはりいいことはない」

「そうですよね～」

廊下でばったり会ったら、すぐこれだ。

神聖力が枯れた聖女と婚約しても……だなんて、そんな当然のことを言われてもひねりがないなと物足りなく感じるだけで、まったく傷つかない。

適当に相槌《あいづち》を打ち、聞き流していた。

が、今夜の彼はちょっとしつこい。リュカ様の呪いがなかなか解けず、ストレスが溜《た》まっているのかも。

私に対し、難題をふっかけてきた。

「あぁ、そういえばおまえにもできそうな仕事がある。北の棟で幽霊が出ると使用人が怖がっていて。その除霊くらいならできるんじゃないか？」

「北の棟、ですか」

一番歴史があると聞いたあの棟は、手入れは行き届いているがとにかく古い。幽霊が出たと言われても、違和感はなかった。

「呪いのせいで、集まって来ちゃったのかしら」

リュカ様のモヤは相変わらずだから、悪霊が集まってくる可能性はある。

このまま放置するのもどうかと思った私は、オーレリアンさんの嫌味をそのまま受け入れた。

「わかりました。除霊に行ってきます」

「あぁ、よろしく……………え？」

まさか私が受けると思わなかったんだろう。

彼は自分で言い出しておきながら、意外そうに眉を寄せた。

私は、リュカ様の部屋へ届けるはずだったティーセットをオーレリアンさんに押し付ける。

「このお茶、リュカ様に運んでくださる？　私はこの足で北の棟へ向かいますから」

「え？　え？　でも神聖力が」

「いってきまーす」

ティーセットを押し付けて手ぶらになった私は、優雅なカーテシーをして笑顔で去った。

「おいっ……⁉　待て！」

後ろから引き留める声が聞こえたけれど、無視して階段を下りていく。

幽霊くらいで、私が嫌がったり怯《おび》えたりするとでも？

私の足取りは軽く、わずか十分ほどで北の棟の入り口に到着する。

「うわ～、これはすごいわね」

その禍々しい雰囲気に、思わず独り言が漏れる。

五階建ての棟は、旧時代の石造りの建物だ。ときおり黒いモヤがスッと走っては消え、走っては消え、いかにも霊が集まっていそうな物々しい感じがする。

まだ就寝には早い時間とはいえ、すでに辺りは真っ暗でなおさら幽霊屋敷みたいだった。

ただし、私は除霊をしに来たのだ。怯《ひる》むわけにはいかない。「絶対いるね」とわかる空気感を放っているそこへ、私は迷いなく足を踏み入れる。

――ギィ……。

扉を開けると、母屋の玄関から拝借してきた手持ちのランプの火を、壁掛けの燭台《しょくだい》に移す。

人がいるわけでもないのに、上階からはかすかに話し声がした。

「どうも～」

私はランプを手に廊下を進み、上階へと階段を上っていった。

オーレリアンさんは神聖力が枯渇した状態では除霊できないと思い込んでいるみたいだったけれど、実は神聖力がほとんどなくても除霊はできる。

凶悪な霊ならともかく、呪いに吸い寄せられてきた霊ならばただの浮遊霊である可能性が高いのだ。彼らはただウロウロしているだけで、これといって害はない。

「失礼しまーす」

二階にある元・厨房《ちゅうぼう》にやってくると、椅子に座っている女性の姿が見えた。ぼんやりと発光しているその霊は、私に気づくとかすかに微笑む。

多分、使用人が見たのはこの霊なんだろう。

女性はやや発光していて半透明、旧時代の裾の長いワンピース姿で、普通の人が見たら悲鳴を上げて逃げ出しそうな感じだった。

聖女であればたまに見る光景なので、「まぁ霊ってこんな感じよね」という感想を抱くだけだ。

話しかけてお帰りいただこう。そう思った瞬間、私の背後で一度閉めたはずの扉が開く。

――バンッ！

「アナベル‼」

振り向くと、そこには剣を手にしたリュカ様がいた。神聖力を込められた剣は、うっすらと光を帯びている。

上着もタイもない状態なのは、急いで来てくれたからだろう。彼は焦った表情で駆け込んできて、私の姿を見るとホッと安堵《あんど》の色を滲《にじ》ませた。

「リュカ様、どうしたんです？」

目を瞬かせると、彼は一瞬だけ眉を顰《ひそ》める。

「あなたが除霊に行ったと聞いて、何かあったらと……！」

私のことを心配して？

別に大丈夫なのに。せめて、いってきますと一声かけていけばよかったかな？

オーレリアンさんってば、自分から私をけしかけたくせに、いざ本当に私が北の棟へ向かったら不安になってリュカ様に相談したのか。

何をやっているんだろう、あの人は。

そんなことを考えていると、リュカ様は剣を鞘《さや》に収めてすぐ足早に近づいてきた。

そして、その大きな手で私の肩をつかみ、自分の方へ力強く引き寄せる。

「危ないでしょう、一人でこんな……！」

抱き寄せられると、リュカ様のぬくもりや匂いを一気に感じさせられた。

「ひゃっ」

教会育ちに、イケメンのハグに対する耐性はない！

すっぽりと腕に包まれてしまい、ドキドキと激しく鳴る心音が伝わってしまいそう。

どうしていいかわからず、必死に事情を説明する。

「あの、違うんです！　除霊は神聖力が少なくてもできるので、心配されるようなことにはならないというか、私は一人で大丈夫と言いますか、あの、とにかく放してください」

だんだんと小さくなる声。途中、動揺で声が裏返ってしまったのは仕方がない。

リュカ様は半信半疑といった雰囲気で、ほんの少しだけ腕の力を緩めて私の顔色を窺うようにじっと見つめた。

「逃げませんか？」

「逃げる必要ないですよね⁉」

そっと腕を離された後も、まだドキドキが収まらない。

落ち着け私！　冷静に、冷静になって！

そう自分で自分に言い聞かせていると、背後から女性の声がした。

『若いっていいわね～』

「⁉」

振り返ると、幽霊の女性がクスクスと笑っている。

なんていうことか……！　幽霊に冷やかされてしまった。

『私も彼に会いに行こうかしら』

「彼？」

『ええ、もう百年くらい前になるかしら。ここで料理人をしていたのよ。ロバートっていって、使用人では一番かっこよかったんだから。私たちは、あの日デートの約束をしていたの……』

昔を懐かしむように笑った彼女は、途中で話をやめ、煙が消えてなくなるようにいなくなった。

ロバートとどうなったんだ？　と気になりつつも、彼女はきっとデートの待ち合わせ場所へ向かったんだろうと予測を立てる。

まぁ、ここから出て行ってくれたならそれでいい。

「どうかお元気で～」

私は笑顔で手を振って見送る。

リュカ様は、愕然《がくぜん》としていた。その顔つきが、ちょっと幼く見えてかわいい。

「除霊は初めてですか？」

「これは除霊、というのですか？　悪霊を退治する場面は見たことがあるが……」

聖騎士なら、悪霊と戦うこともあるんだろう。

「一般人の幽霊ってこんな感じですよ？　話し相手になってあげたり、ここにいたらダメですよって注意したりするときちんとお帰りいただける霊が多くて」

「そうなんですか⁉」

「霊も元は人間ですからね。神聖力で無理やりあの世へ送られるより、去り時は自分で決めたいのかも。とはいえ、今の私には無理やり送れるほどの神聖力は……」

ん？　右手に神聖力を集めてみたら、前より光が強くなっている気がする。

おかしいな。神聖力は枯渇していたのに。

じっと自分の手を見つめる私に、リュカ様は尋ねた。

「どうかしましたか？　何か異変でも？」

「いえ、そういうわけでは」

気のせいかな。骨折くらいは治せそうな感じがする。身体がぽかぽかして、血流がよくなるみたいな感覚があった。

けれど不確かなことを言うこともできず、私は何事もないようなふりをして話を戻す。

「あぁ、そうです。除霊のことなんですが、このように簡単にお帰りいただけることが多いので、リュカ様にご心配いただかずとも大丈夫ですよ？」

だからあなたは自分のことだけを考えて、と笑顔で伝えると、彼は不満げに目を眇《すが》めた。

「大丈夫なわけないでしょう？　聖女である前にあなたは一人の女性で、私の婚約者です。このような場所に一人で来るなど、許せるわけがありません」

まさかそんな風に言ってもらえるなんて。

一人の女性で、婚約者だって、それって本当に私のこと？　役立たずなのに、真実の愛だってまだ見つけられていないのに、そんな風に言ってくれるの？

うれしいやら恥ずかしいやら、どう反応していいかわからずに俯《うつむ》いてしまう。

「そ、そんなにお気遣いいただかなくても」

私はこれまで、聖女であること以外で、自分の存在を許されたことなんてなかった。

聖女だから食事にありつける。聖女だから身を案じてもらえる。

聖女だから……。

大事にされることに慣れていない私は、リュカ様の優しさにどう反応していいかわからなくなり、言葉がすぐに出てこない。

リュカ様は私の方へ向き直ると、迷いも偽りもなく真摯に言葉をかけてくれた。

「私にはあなたを巻き込んだ責任があります。それに、あなたを大事に想っています。オーレリアンには、二度とこのようなことがないよう言っておきます」

「いやー、でもですよ？　役立たずな私にでもできることなら、むしろさせていただきたいといいますか」

あははと苦笑いでそう言うと、リュカ様が険しい顔になった。

「役立たずだなんて……！　私のために様々な物を作ってくれたり、毎日笑顔で迎えてくれたりするじゃないですか。あなたとの暮らしに、私は不満などありません」

「欲がなさすぎます、リュカ様」

いい人すぎて心配になってくるレベルだ。よくこれまで誰かに騙されずに生きてこられたね⁉

そんな心情の私に対して、彼は大真面目に言った。

「自分のことを大事にしてください。いいですね？」

そんな風に諭されたら、頷くしかない。

また早鐘のように鳴り出した心音をどうにかして落ち着かせようと、必死で深呼吸を繰り返す。

「アナベル？　体調でも悪いのですか？」

優しい声。うれしいのに、胸が締めつけられるような感覚になる。

ゆっくりと顔を上げたとき、その美しい顔が目の前にあった。

そして――

なんかいっぱいいた。

「リュカ様ぁぁぁ‼　後ろに、後ろにいっぱいお客様がいらしています‼」

「え？」

呪いに引き寄せられた霊たちが、リュカ様の背後でスタンバイしていた。

私にときめいている暇はないらしい。

◆◆◆

「うわぁ……！　絶景ですね！」

リュカ様と一緒にやってきたのは、王都の外れにある湖のある森。

貴族の中でもごく一部の者しか入れない場所らしい。

馬に二人乗りしてここへ来たのは、毎日食事を共にするだけでなく、こうして遠乗りをすることで親睦を深めようという目的だ。

目の前にはキラキラと水面が輝くコバルトブルーの湖。馬に横座りの私は手綱を持つリュカ様の腕に包まれていて、緊張感をごまかすように大げさに喜びの声を上げた。

三十分以上、こんな密着状態でいるなんてときめきすぎて死にそうだった。

私の緊張を知ってか知らずか、リュカ様はくすりと笑ってから尋ねる。

「アナベルは美しい景色を見るのは好きですか？　もっと早く連れて来ればよかったですね」

すぐそばから発せられる低い声。見上げれば優しい瞳。

これでドキドキしない方がどうかしている。

必死で景色を見て気を紛らわせていると、リュカ様が何気なく言った。

「こんな風に婚約者と出かけたことはないので、私もとても新鮮な気分です」

オーレリアンさんから、リュカ様には過去に立派な身分の婚約者がいたと聞いた。美貌も家柄も何もかもが揃った婚約者がいたと。

侯爵家の跡取りだったら婚約者が幼少期からいても当然なわけで、私は「へぇ〜」としか思わなかったんだけれど、婚約者と出かけたことがないと聞くと気になってくる。

「前の婚約者さんとは、おでかけしなかったんですか？　三年前まで婚約者がいたんですよね？」

リュカ様は苦笑いで頷いた。

「前の婚約者は両親が決めた相手で、幼少期から知っている間柄ではありましたが、どこかへ出かけるということはありませんでした。月に一度、義務的にお茶を飲んでいたくらいでしょうか」

いずれ結婚するのだから、それからいくらでも夫婦の時間を持てると彼は思っていたという。

ところが、三年前に突然彼女から婚約解消を申し入れてきたそうだ。

「情けない話ですが、彼女が別の男性と恋仲になっていることにまったく気づきませんでした。その彼の子を身ごもったと言われ、婚約解消のほかに選択肢などなくて」

あははと笑うリュカ様。その明るさに反して、質問した私の方が申し訳なくなってくる。

親が決めた婚約者とはいえ、結婚する気だった相手が別の男性と……なんて、その当時はショックだったはずよね？

政略結婚とはいえ、その人と家族になる未来を受け入れていたんだから。

しかも貴族だから、婚約解消となれば慰謝料とか今後の付き合いなど揉《も》めることが必至。さぞ大変だったんだろうな、と想像するだけでぞっとした。

ところが、リュカ様はさらりと事実を告げる。

「婚約解消するときは、まったく揉めませんでした。どうかお幸せにと言ってそれきりです」

慰謝料の請求もしなかったらしい。

どう考えても損しているような気がするけれど、リュカ様は平然としていた。

「何を言っても、どうしようもないですからね」

そんなものなんだろうか？　私には想像できない。

「怒りは湧いてこなかったんですか？　恋愛感情がなかったとはいえ、裏切られたのに」

「う～ん。いくら忙しいとはいえ、彼女と名ばかりの婚約関係であったことは私の非と言えなくもないですから。一緒に出かけたり、互いを知る時間を持ったり、今思えばいくらでも浮気を防ぐ努力はできましたので。それをしなかったのは、私の落ち度ではないでしょうか」

私なら、ぶちぎれて相手の家に乗り込んで、往復ビンタくらいはするだろう。

慰謝料だって絶対にもらう。

だいたい、こんなにかっこよくて素敵で、性格もいいリュカ様に何の不満があるっていうの⁉

甘やかされて育って、目の前にある幸せに気づけていなかったんじゃないの⁉

あぁ、だんだん腹が立ってきた！

顔を盛大に歪《ゆが》め、憤りを言葉にする。

「リュカ様は悪くないです！　自分も悪かったなんて思わずに、もっと怒った方がいいですよ！　リュカ様の態度が物足りなかったなら、自分から手紙を送るなり誘うなりすればよかったんです。お相手のご令嬢だって、浮気する前にまずは婚約者であるリュカ様と仲良くなる努力をした方がよかったんじゃないでしょうか！」

感情的になる私を見て、リュカ様はきょとんとした顔をする。

「アナベルは変わったことを言いますね。そんな風に考えたことなかったです」

「そうなんですか？」

「ええ。怒るとか悲しむとか、そのような感情は表に出すなと教わってきましたので……。感情的な男は、社会的に好まれないでしょう？」

そう言われてみれば、そうなのかもしれない。

「貴族って大変なんですね」

「生まれたときからの環境ですから、慣れています」

いつでも冷静に。立派な人であれということなのかしら。

でもそれって、人間味がないような。リュカ様にも、腹が立ったり悲しんだり、喜んだり色んな感情はあるはずなのに……。

何だか腑《ふ》に落ちないといった表情で考え込んでいると、彼は穏やかな笑みを返してくれた。

この人は、欲がないのかそれともはじめから諦めているのか。

もしも内側に抱え込んでいるものがあるのなら、行き場をなくしたそれらは一体どうなっちゃうの？　自分でも気づかないうちに、苦しくなってしまわない？

視線を落とすと、大きな手が手綱を握っているのが見える。

この手はいつも誰かを守っているけれど、守ってくれる人はいないのかもしれない。ふとそんなことを思ってしまった。

「リュカ様。私には、思ったことや感じたことを遠慮なく言ってくださいね。怒ったり叫んだり、『もう嫌だー！』って泣いてもいいですから。ワガママもなるべく叶《かな》えてみせます」

私にできることは少ないけれど、泣き言を聞いてあげるくらいはできる。

淋《さび》しいときはそばにいることだってできるはず。

真剣にそう訴えかけると、彼は優しく目を細める。そして、呟くように言った。

「そのようにできるかどうかはわかりませんが、そう言ってくれる相手がいるのはいいことですね」

会話が途切れると、自然に微笑み合う。

柔らかな風が吹き抜け、ここにはゆったりとした時間が流れていた。


しばらく散策を続けていると、少し開けた場所へ到着する。

私たちはここで馬から下り、芝生の上に敷物を広げた。

「それは？」

持ってきたバスケットから、私はパンや果実を取り出す。

「身体にいい素材で作った昼食セットです！　のんびりしたら、呪いに対抗できる心身の健康が保てると思いまして」

呪われても未だ平気そうなリュカ様だけれど、そのモヤの濃さは尋常じゃない。

正気を保っていられて、なおかつここまで理性的にいられるのは彼がもともと強い神聖力を持っている聖騎士だからだろう。

それでも最近は、目の下にかすかにクマが目立つ日がある。

眠れなくなっているのは、どう考えても呪いの影響だ。

リュカ様は敷物に座ると、私が手渡したパンを持ってじっとそれを見つめた。

「そういえば、聖騎士になってからのんびり過ごしたことはないですね」

「ってことは……何年もまともに休んでいないってことですか⁉」

ぎょっと目を見開いて驚くと、彼は自分でもそのことに驚いたらしく気まずそうに目を逸らす。

「聖騎士って忙しいんですね」

「そうかもしれません。騎士としての訓練や遠征、それに王族の護衛には視察先への同行、夜勤もありますから。今はこのように呪われた身ですので、身体に負担をかけないために日勤で軽い訓練と書類仕事のみとなっていますが」

貴族ってもっと気楽なお金持ちだって思っていたけれど、教会育ちの私も同情するくらい不憫《ふびん》なように思えてきたわ。

「さぁ、食べましょう！　食べたらお昼寝です。ゆっくり休んで、呪われていることなんて忘れるくらいに楽しい気分になりましょう！」

だらだらすることを一生懸命勧める私を見て、リュカ様はくすりと笑う。

「いただきます」

もぐもぐとパンを食べ始めたリュカ様。穏やかな雰囲気が、この平和な湖畔によく似合う。彼を見ていると、ずっとこんな日々が続けばいいのにと思ってしまった。

できることなら、この先もリュカ様は清らかで、リュカ様には生きてほしい。

呪われてもリュカ様は清らかで、尊敬するし好ましいとも思うから。私がそばにいる、いないはともかくとして、死なないでほしいと心から願う。

昼食を終えると、私はバスケットの中に皿や布を片付け、お昼寝の準備をした。

リュカ様は屋外で眠ったことなんてないと笑ったけれど、こんなに穏やかな日はきっと風を感じながら眠ると気持ちいい。

「さぁ、どうぞ！」

「？」

私は、パンパンと小さく自分の膝を叩《たた》く。

リュカ様は意味がわからなかったようで、きょとんとしていた。

「膝枕です。名ばかりの婚約者でもこれくらいはさせてください」

言葉にも態度にも出さないけれど、呪いは着実にこの人を蝕んでいる。とにかく寝させよう、寝るなら膝枕だ！　という安直な考えからの行動でも役に立てそうなら枕になりたい。

リュカ様は少々躊躇《ためら》っていたものの、私が「どうぞどうぞ！」と目で訴えかけると諦めた。

「失礼します」

「はい！」

ぎこちない動きが何だかかわいい。

もしかしてちょっと照れているのかも……。

「ううっ……！」

言いようのない高揚感が胸に押し寄せ、思わず呻《うめ》き声を上げる。

「どうしました？　アナベル」

「いえ、何でもございません」

膝枕をした私は、右手でリュカ様の目元を覆い、最近復活し始めた神聖力を少しずつ放っていく。

癒しの力と安眠効果で、どうにかして彼に安らかな時間を作りたかった。

「おやすみなさい、リュカ様」

効果はてきめんで、ものの数分でリュカ様は眠りに落ちる。膝枕や神聖力の効果以前に、とっくに限界だったのかも知れない。

さらさらの髪をそっと撫《な》でても、瞼《まぶた》はぴくりとも動かなかった。

「どうにかして解呪してあげたいんだけれどなぁ」

私の呟きは、風に舞って消えていった。

【閑話】　婚約者として思うこと

ルグラン侯爵家は、代々聖騎士として王家に仕える由緒正しい家柄で、当代の侯爵の一人息子であるリュカも生まれたときから聖騎士になることが決められていた。

その身に宿る強い神聖力で、聖騎士としての試験や実務を難なくこなしてきた彼は、相手の不貞行為による婚約解消というアクシデントはあったものの、順調にその人生を歩んでいるように見えていた。

――花祭りの日、フェリクス王子の身代わりで呪われるそのときまでは。

己の内側に巣くう禍々しい呪いは、次第に心身を蝕《むしば》んでいく。

平然と笑みを浮かべ、いつも通りに平静を装って日々を過ごすものの、ふとした瞬間に憎悪や不安が胸に沸き起こることが増えた。

なぜ自分だけがこんなことに？

呪いに手を出した犯人が憎い。同じように絶望を味わわせてやりたい。

この苦しみや葛藤は、果たして呪いの影響なのか？　誰かを憎み、恨む気持ちは自分が本来持っていたものなのではないだろうか？

眠っているとやってくる悪夢によって、確実に精神は追い込まれていっていた。

『私と、結婚してください。聖女アナベル』

真実の愛を見つけるなどと、本気で信じていたわけではない。どう考えてもそれは非現実的で、呪いを解くのは絶望的だと彼は理解していた。

一縷《いちる》の望みを懸けてアナベルに求婚したのは、たった一人しかいないルグラン家の跡取りとして死ぬわけにはいかないという義務感からで、また可能性がないに等しくても、最後まで足掻《あが》くのが聖騎士としての務めだとも思っていたからだ。

それなのに、彼女はまるで以前からそばにいたかのように自然に寄り添い、毎日健やかな笑顔で帰りを待っていてくれる。

今日あったこと、感じたこと、たわいもないことだがころころと表情を変えつつ報告してくる。

二人で過ごしている時間だけは、誰かを憎んだり恨んだりする気持ちを忘れることができた。

茜色《あかねいろ》の空を眺めながら、馬車で邸《やしき》に戻る途中のリュカはアナベルと出会ったばかりの頃を思い出す。

『やりましょう！　リュカ様の呪いを解きましょう‼』

『私たち、協力してリュカ様の呪いを解くって決めたじゃないですか。私は納得して求婚を受け入れたんです』

彼女とのことを思い出すと、リュカは自然に笑みが浮かび、穏やかな気分になっていく。

（呪われた聖騎士に近づくのも嫌だと、そう思われても仕方がないと思っていたのに）

最初は「これしかもう手段がないから」と強行した婚約生活だったが、彼女との日々は想像以上に楽しい。

（アナベルは、真実の愛を見つけようとしてくれている。呪いに打ち勝つために、努力しようとしている。私が先に音《ね》を上げるわけにはいきませんね）

実のところ、リュカが持っていた「聖女」のイメージとアナベルはかけ離れていた。美しい容姿はともかくとして、その言動はこれまで彼が出会ってきた聖女とはまるで異なる。

『リュカ様、拝金主義って知っていますか？』

『教会にあった禁書を見て覚えましたので』

驚かされることばかりで、しかもその精神の逞《たくま》しさは聖騎士である自分を凌駕《りょうが》するほどでは、と思うときがあるくらいだ。

そんなアナベルを見ていると、もしも自分が呪いによって命を失っても、金銭さえ残していれば彼女は強く生きていけるだろうとすら思っていた。

ところが、それは間違いだったと気づかされることになる。

オーレリアンが彼女をけしかけたことで、神聖力が枯渇した状態で除霊に向かってしまったのだ。リュカはそれを聞くと慌てて部屋を飛び出し、北の棟へと走った。

そこで見たのは、アナベルが霊と自然に会話する姿だったのだが、彼女の放った言葉にリュカは愕然《がくぜん》となる。

『リュカ様にご心配いただかずとも大丈夫ですよ？』

いくら除霊経験があるとはいえ、悪霊ならば会話で去ってくれるわけがない。

そんなことは当然アナベルだってわかっているはずで、それでも心配しなくていいと笑う。

(アナベルは、大事にされることを知らない)

両親を亡くし、七歳で養父母や弟と別れ、ずっと教会で働かされてきた彼女は、自分自身を大切にすることも誰かに守られるということも知らなかった。

(これでいいはずがない……)

強く逞しいと思われた言動は、すべて捨て身であることが起因していた。

つらくても苦しくても、助けてと誰かを頼る発想そのものがないのだ。

自分を穏やかな気持ちにしてくれる彼女に、何をしてあげられるだろうか? リュカは次第にそんなことを考えるようになっていた。

アナベルを守ってやりたい。彼女が笑顔でいられるように、そばに居続けたい。

呪いを解いて生き延びるのは義務ではなく、自分自身がそう強く望むようになった。

目を閉じれば、「おかえりなさい!」という明るい声をいつでも思い出せる。アナベルがいることで、心が軽くなるのを感じていた。

(今日はどんな話が聞けるだろう)

リュカは、期待に胸を躍らせながら邸へと戻っていった。

【第三章】　舞踏会の裏側で

この日、リュカ様はいつものようにお城へ向かい、夕暮れ前には戻ってきた。

私は笑顔で彼を出迎え、夕食まで少し時間があるので一緒にお茶でも……と誘ったのだが、リュカ様は私室に入るなり激しく咳《せ》き込んだ。

「リュカ様⁉」

私とオーレリアンさんは、慌てて彼に近づく。

水の入ったグラスを差し出すと、リュカ様はそれを飲み干し一息つくも、その表情は苦しげだ。

「ゴホッ……、大丈夫、です……。二人とも落ち着いて」

私たち二人があまりに悲痛な面持ちをしていたせいか、咳き込んだ本人に宥《なだ》められる。

オーレリアンさんは、解呪師特製の薬湯の存在を思い出し、「すぐにお持ちします！」と言う。

そして去り際に、リュカ様の背をさする私に向かってビシッと指をさして命令した。

「そこの元・聖女！　真実の愛だか何だかわからんが、とにかくできる限りのことはしろ！　こうなったらダメ元でもキスの一つや二つしておけ、わかったな！」

「はぃ⁉」

――バタンッ‼

乱暴に扉を閉めた彼は、廊下を走って行った。

とんでもないことを言い残して行ったものだ。

おそるおそるリュカ様の顔を見上げると、彼もどうしていいものか悩んでいるのか目を伏せて沈黙していた。

ものすごく気まずい！

リュカ様の咳は収まっているようで、こんなときに限って部屋に静寂が訪れる。

「……………」

状況を整理してみると、真実の愛があったとしても、キスで呪いが解けるかどうかはわからない。

そして、今の私たちの間に真実の愛は多分ない。

あぁ、急激に緊張してきた。

心音が速くなっているのがわかる。

どうする？　オーレリアンさんだって「ダメ元」って言っていたし、何もしないよりはしてみた方がいいよね？

よし、ここは潔く覚悟を決めよう。

私は意を決し、ちらりとリュカ様を見て言った。

「とりあえずしてみますか？」

「え？」

見つめ合うこと数秒。リュカ様が先に慌て出した。

「その、アナベルはいいんですか？　……キスしても」

面と向かって聞かれると、ものすごく恥ずかしい！

かぁっと顔が熱くなるのを感じた。

当然のことながら、私にそんな経験はない。

イメージも何もなく「唇と唇をくっつけるアレでしょ？」という知識しかない。

家族が頬にキスをすることは一般的だけれど、私の場合はその家族が七歳のときからいないのだ。頬どころか唇へのキスなんて一度もしたことがない。

心は荒んでいても、この身は清らかなままだった。

「オーレリアンさんの指示に従うのは癪《しゃく》ですが、何もしないよりはいったん可能性を一つ一つ潰していった方がいいかと……」

万が一ということはある。奇跡が起こる可能性をチャレンジせずには否定できない。

リュカ様はしばらく黙っていたものの、やはり私と同じ結論に達したようで小さく頷《うなず》いた。

「では、キスをしてみましょうか」

「はい」

私たちはゆっくりと向かい合う。

リュカ様の手が私の両肩に添えられ、まっすぐに見つめられると心臓がどきんとひと際大きく跳ねた。

触れた手は、まるで壊れやすいものに触れるかのように優しく添えられている。

「『………』」

ぎゅっと目を瞑《つむ》って待つこと数秒。未《いま》だかつて、こんな緊張感は味わったことがない。

そもそも目を閉じて待っているのが正式な作法（？）なのかもわからない。

大丈夫？　ねぇ、これで大丈夫？　変な顔になっていない？

頭の中でぐるぐると無意味なことが巡り始め、身体《からだ》が強張って徐々に震えはじめた。

「『………』」

だんだんとリュカ様のご尊顔が近づいてくる気配を感じ取り、私はさらにきつく瞼《まぶた》を閉じる。

ところがその瞬間、リュカ様は私の肩からそっと手を離した。

「今はやめておきましょう」

ぱちっと目を開けると、リュカ様は姿勢を正し、苦笑交じりに告げた。

「わかっています。アナベルもまだそこまで私のことを好きなわけじゃないんですよね」

「いえ、あのっ！　さっきはちょっと緊張したからで……！　それにキスなんて挨拶みたいなものですよね⁉」

「アナベルはキスしたことがあるんですか？」

「ないですけれどぉぉぉ！」

両手で顔を覆い、思わず叫んでしまった。

教会育ちにそんな恋愛経験があるわけない‼

リュカ様は婚約者がいたくらいだから、キスの一度や二度はあるんだろうけれど……！

挨拶みたいなもの、だなんてちょっと見栄を張りました！

この恥ずかしさをどうごまかせばいいのか、とオロオロしていると、リュカ様が眉を顰《ひそ》めて口元を手で覆い、再び咳き込み始める。

「ゴホッ……ケホッ……」

「リュカ様!!」

少しだけ前かがみになった彼を支え、奥の寝室へと移動した。

ベッドに横になったリュカ様は、水を飲んでひと息つくと安心させるように笑顔を見せる。

「ただの睡眠不足です。眠ればすぐに良くなりますよ」

「それなら、私が神聖力で眠らせます」

仰向けで瞼を閉じた彼の目元に、そっと手を添え神聖力を流した。

呪いの影響が身体に出始めていることは確かで、何としてでも解呪師に解呪方法を見つけてもらわなくては……。

しばらくすると、穏やかな寝息が聞こえてくる。

今夜も安眠効果はばっちりだといいな。

「リュカ様」

どうしてこの人が苦しまなければいけないんだろう。聖騎士として、護衛として、フェリクス王子を守っただけなのに。

私はリュカ様の手を握り、その端整な顔立ちを見つめる。

「キスして呪いが解けるなら、いくらでもしますよ……」

恥ずかしいとか初めてだとか、そんな気持ちはさっさと捨ててしまうべきだった。私たちには、時間がないんだから。

後悔しても、今はどうしようもない。

さすがに寝込みを襲うわけにもいかず、私は大きなため息と共にベッドに顔を埋《うず》めた。

◆◆◆

——コンコン。

「リュカ様、起きておられますか？」

扉の向こうからオーレリアンの声がして、リュカは目を覚ます。

「今、目が覚めた。すぐに着替えて食堂へ向かう」

「かしこまりました」

まだぼんやりとする思考。こんなに深く眠れたのは呪いにかかってから初めてかも知れない、と彼は思った。

「——アナベル？」

やけに右腕が重く感じ、ふと視線をやると婚約者がいた。

同じベッドで、すやすやと寝息を立てるアナベルはリュカの腕を枕にして熟睡している。

（昨夜は……、キスをしてみるかと言われて、結局しなかったんだったか）

神聖力で安眠効果を、と言われて横になったまま朝になってしまった。アナベルが自分から横になったのか、それとも自分が彼女を引きずり込んだのか……。

よくわからないものの、安眠できたのでよしとしよう。リュカは考えるのをやめ、そっとアナベルの頭の下から右腕を引き抜いた。

「ん……」

眉間に皺《しわ》をよせ、しかめっ面になったアナベルを見てリュカはくすりと笑う。

「ありがとうございます。おかげでよく眠れました」

出会って一ヵ月ほどしか経っていないのに、一緒に暮らしているのが当たり前に思えてきた。

（行き当たりばったりの「真実の愛」探しだったが、彼女との暮らしは悪くない）

寝顔を見ているだけで、穏やかな気持ちになれるなんて知らなかった。自分の気持ちの変化に驚きつつも、リュカはそっとアナベルの額にキスをする。

ベッドを降りて隣室へ向かうと、用意してあった着替えを手に仕事に向かう準備を始めた。

いつもより少し多めに朝食をとり、聖騎士の隊服を着たリュカは城へと向かう。

（今日こそは、呪いを解く方法について何か進展が見込めるだろうか）

真実の愛というものがどういうものなのかわからないが、寄り添ってくれるアナベルのためにも呪いを解かなくては。リュカは背筋を伸ばし、顔を上げた。

登城すると、見知った顔の伝令係が自分を待っているのが見える。

「何かあったか？」

そう声をかけると、彼は手短に用件を告げる。

「魔法師の塔で、フェリクス様がお待ちです」

「わかった」

付き従っていたオーレリアンには、自分の執務室へ先に行っておくよう命じ、リュカは城の西側に高くそびえる魔法師の塔を目指す。

そこに門番はおらず、扉の右側にある四角い銀板に手を当てる。するとすぐに扉が開き、彼は足早に中へと入っていった。

五階の最奥にある部屋は、銀色の扉に聖樹の絵が彫ってある。もう見慣れたそこは、王国一の魔法師であり解呪師と名高いアーヴィスの研究室だ。

フェリクスらと呪いについて話すときは、いつもこの部屋に集まっている。

「リュカです。失礼いたします」

入室すると、観葉植物や美しい花々が至るところに飾られている緑豊かな風景が目に入る。

その中央には、丸テーブルで優雅にお茶を飲んでいるフェリクスがいた。

「おはよう、リュカ。……今日は随分と顔色がいいね」

まばゆい金髪に空色の瞳をした第二王子・フェリクスは、やってきたリュカを見て笑顔でそう告げる。

これまで一度も顔色については言及されたことはないが、「今日は」と口にするからには、以前から案じてくれていたのだとわかる。

リュカは笑みを浮かべ、穏やかな口調で返事をした。

「アナベルがいてくれるおかげです。彼女がいるとよく眠れるみたいです」

すると、フェリクスは目を丸くする。

「ええっ⁉　よく眠れるって、お堅いリュカがもう手を出したの⁉」

さきほどまでの王族らしい余裕ある態度とは違い、十七歳らしいあどけない反応だった。

リュカは一瞬だけたじろぎ、慌てて否定する。

「なっ⁉　違いますよ⁉　神聖力で、安眠効果をくれたのです！」

添い寝については、言えなかった。言わなかった。

一晩一緒にいたのに何もしなかったというのは、まじめなリュカであってもさすがに男としては……という気持ちがある。

「なーんだ」

フェリクスは残念そうにため息をつく。

「そんな顔されましても」

じとりとした目で、リュカはフェリクスを睨《にら》む。

「あれ？　でもリュカの婚約者って、神聖力がほとんどなくなっていたんじゃなかったか？」

事前に聞いていた情報と違う。それに気づいたフェリクスは、視線を斜め上に向けて呟《つぶや》くように言った。

「確かに婚約してすぐの頃はそうでした。でも最近は、少しずつ回復しているようなのです」

理由は不明だ。

だがアナベル本人が「ここでの暮らしが幸せだからかもしれません！」と自信満々に言ったのを思い出すと、自然に笑いが漏れた。

「へぇ、存外楽しそうだね。呪われて窮地に陥っているようには見えない」

からかうような目をしたフェリクスを見て、リュカは楽しげに目を細める。

「誰かと暮らすのもいいものですね。アナベルは何と言いますか、おもしろいのです」

自分とはまったく違う考え方をする彼女は、素直でかわいらしいときもあれば、世の中を知り尽くしたように冷めたことを言うときもある。

（この気持ちは好意なのか興味なのか……。いや、どちらもか）

できることなら、彼女をずっと見ていたい。

そばにいて、もっと話をしたい。その手に触れたい。抱き締めたときの、あの戸惑い恥じらう顔をまた見てみたい。

出会った頃には想像もしていなかった感情が、リュカの中には芽生えていた。

「その様子なら、呪いが解ける日も近いかも知れないな」

リュカの様子を見たフェリクスは、秘かに安堵《あんど》する。

そのとき、隣室の扉が開いた。

二人がそちらに目を向けると、黒色のローブを羽織った二十代後半の男がやって来る。

「おはよう、アーヴィス。今日も徹夜かな？」

フェリクスの問いかけに、アーヴィスは眠い目をこすりながら「ええ、おかげさまで」と言って大きなあくびをする。

彼にもここでの会話が聞こえていたらしく、リュカの顔を見ると彼はクックッと笑いを漏らしながら近づいた。

「元気そうで何よりだね～。今日もモヤがすごいけれど」

「アーヴィス殿。おかげさまでまだ生きていますよ」

実際に、彼が作ってくれた薬湯は、リュカの体力や精神力を持たせるために効果があると思われる。国一番の魔法師であり解呪師の彼は、王族からの信頼も厚く、聖騎士からも頼られる存在だった。

揺り椅子に座った彼は、体重を背もたれに預けてから口を開く。

「今日は、朗報なのか悲報なのかわからないお知らせがあるよ」

「何かわかったのですか⁉」

前のめりで尋ねるリュカを見て、アーヴィスは困ったように笑う。

「真実の愛なんだけれどさ。根本的に大きな間違いがあったっていうか、呪いを解く対象がね？」

「対象？」

揺り椅子のそばにある書机には、呪いの核や補助となる宝石が散らばっている。それらは、窓から入り込む朝日を受けてキラキラと輝いていた。

そんな宝石に勝るとも劣らない美貌の聖騎士は、話の続きを期待してゴクリと喉を鳴らす。

アーヴィスは少し言い淀《よど》んだ後、ぽりぽりと頬を掻《か》いて新たな情報を告げる。

「呪いを受けたのはリュカなんだけれど、呪いの対象がフェリクス様だったから、真実の愛を見つけないといけないのはフェリクス様の方だった」

「「はぁ!?」」

驚きで限界まで目を瞠《みは》る二人に対し、アーヴィスは解呪方法を説明する。

「フェリクス様が真実の愛を見つけて、お相手の令嬢とキスをすれば呪いは解ける！」

しんと静まり返った部屋。

予想外の解呪方法を知らされて、しばらく呆気《あっけ》に取られるリュカとフェリクス。二人の脳内では、「真実の愛を見つけないといけないのはフェリクス様の方だった」という言葉が何度も何度も繰り返される。

唖然《あぜん》とする二人を横目に、アーヴィスは魔法で自分のカップを棚から引き寄せ、そこに瓶に入っていた水を注ぐ。

ゴクン、と喉が鳴る音がやけに大きく響き、彼がカップの水をきれいに飲み干すまで誰も何も声を発しなかった。

どれくらい時間が経ったか。沈黙を破ったのはフェリクスだった。

「よし。今すぐコーデリア嬢との縁組に向けて動こう！」

彼には、思いを寄せる令嬢がいる。

リュカの呪いを解くには、そのコーデリア嬢と両想いになってキスをするのが最善の方法だ。

これまでは、呪いをかけた首謀者が判明しない中で動くのは危険だと考えていたが、いざ自分の恋が成就しないとリュカが死ぬとなれば話は別だ。

そして、一瞬にしてどのように彼女と恋仲になるかを計算した後、ふとあることに気づく。

「ん？　ってことは、リュカがあの聖女とキスをする必要はないっていうことだな？　そもそも婚約そのものが不必要だったと？」

「そうなるね」

フェリクスが放った言葉に、アーヴィスまでもが同意する。

それを目の当たりにしたリュカは、愕然《がくぜん》として立ち尽くしていた。

（アナベルと結婚する必要はない……⁉）

教会から攫《さら》うようにして連れてきた後、毎日共に食事をして互いを知り、愛おしいという感情も少なからず芽生え始めていた。

が、それらが不必要だったと言われると衝撃は大きい。

「あれ？　リュカったらちょっとショック受けてる？」

アーヴィスにそう尋ねられ、ようやくリュカは焦点が合う。

（なんだろう、この喪失感は……）

これからどうすべきか。リュカは動揺していたが、フェリクスやアーヴィスに悟られまいと必死で平静を装った。

巻き込んでしまったことに罪悪感のあるフェリクスは、リュカを気遣うように提案をする。

「別にいいんじゃない？　彼女にとったらリュカとの婚約は幸運でしかないんだから、リュカが気に入っているなら手元に置いておけば」

「それは、そうですが」

黙り込んだリュカの脳裏には、警戒もせず自分の腕の中で眠っていたアナベルの顔が浮かぶ。

（呪いを解く目的がなくても、アナベルはそばにいてくれるだろうか？　解呪方法がわかったとはいえ、フェリクス様が真実の愛を見つけられなければ私は……。それでもいいと思ってくれる？　これから弱っていくだけかもしれない男のそばにいてくれるか？）

まだ若いアナベルに、自分を看取らせるなんてことになったら。最悪のケースが頭をよぎる。

「リュカ、むずかしく考えるな。大丈夫だ！　私が真実の愛を見つけ、おまえの呪いを解く！　その後、聖女とどうするか決めればいい。とにかく早まるな、いいな？」

「はい……」

そこからのフェリクスの動きは早かった。

すぐに自分主催の舞踏会を開くことを決め、父王に話を通す。

意中の相手ととにかく仲を深めよう、と動くのだった。

◆◆◆

この日、リュカ様は夜遅くなって邸《やしき》に戻ってきた。

私は就寝準備を終えていたけれど、今日も安眠効果をあげる係としてがんばろうと思って待機していて、彼の私室で話をすることに。

「舞踏会、ですか？」

「ええ、アナベルにも参加してもらいたいと思っています」

ラフな服に着替えた彼は、果実水を飲んで説明を始めた。

今はちょうど社交シーズン真っただ中。あと三ヵ月は、貴族のお邸や王城なんかで何度も夜会が開かれるらしい。

「今度の舞踏会は、フェリクス様主催で王城にて行われます。上位貴族を中心に、比較的年若い者たちを集めた催しです。いつもより時期は早いですが、恒例行事みたいなものです」

「あぁ、なるほど。舞踏会なら、呪いをかけた令嬢もやってくるかもしれませんね。だから王子様は、今このタイミングで舞踏会を？」

ふむふむ、と納得する私。

けれどリュカ様は気まずそうに視線を逸らした。

「あれ？　違いました？」

「いえ、それはもちろんアナベルの言うことも一理あるんですが……」

なんだろう。ほかにも何か目的があるのかしら？

きょとんとしていると、リュカ様はちょっと困ったような顔つきで笑った。

「いえ、何でもありません。呪いをかけた令嬢が現れれば、私が助かる可能性も高まります」

「ですね！」

「そこでお願いなんですが、アナベルには私と共に舞踏会へ参加してもらい、フェリクス様の周辺に侍《はべ》る令嬢たちに紛れこんでいただきたいのです」

聖騎士のリュカ様では、女性たちの輪に入るのはむずかしいだろう。

黒いモヤは一般のご令嬢には見えないとはいえ、エリート騎士がいる場で彼女たちが本性を現すとは思えないし。

「わかりました！　私がしっかりご令嬢たちを調査します‼」

リュカ様は、意気込む私を見てふっと表情を和らげる。

ドレスはここに来てすぐに仕立ててもらった衣装があるから、それを着ればいい。問題はダンスが踊れるかだけれど、礼儀作法の一環として一応は習っているから、舞踏会が開かれるまで練習に明け暮れれば何とかなるはず。

「私の立場ってどうなります？　リュカ様の婚約者だって公表しない方がいいですよね？　呪いを放った令嬢なら、リュカ様が呪われたことは知っているだろうし」

疑問を口にすると、リュカ様はすでに手は打ってあると答える。

「アナベルは、聖騎士仲間のティムの親戚だということにしてもらいます。両親の希望で仕方なく舞踏会へ出てきた……という設定でいくとフェリクス様が決めました」

「あら、動きがお早い」

「ドレスは一級品を仕立てましたから、アナベルの顔を見て素性がわからずとも衣装でそれなりの身分だとわかるでしょう。不躾《ぶしつけ》に色々と尋ねてくる者はいないと思います」

王城で開かれる舞踏会がどんなものかは知らないけれど、女性同士の諍《いさか》いがあるという部分では教会も負けてはいない。嫌味や冷たい視線を受け流せる自信はある。

そして私は思った。

呪いをかけた令嬢を見つけたら、秘密裏に接触することができるかも……？

これはチャンスかもしれない。

何かきっかけがあれば、その令嬢を腕力で脅してしまえばいいのでは？　私だって普通の女性だけれど、生粋のお嬢様よりは強いと思うから。

リユカ様の前では言えない、真っ黒な本心は胸のうちに留めておく。

「では、詳細はまた明日以降に」

話が終わると、リユカ様はすぐに立ち上がった。

私を部屋まで送ってくれるつもりらしい。

「あ、リユカ様」

「はい、なんでしょう」

リユカ様と一緒に立ち上がったけれど、私は部屋へ戻るつもりはなかった。

目的は、この人を眠らせることなのだから。

「神聖力が戻りつつあるので、今日もリュカ様を眠らせます。今のところ、私にできることはリュカ様に安眠効果をもたらすことだけなので」

笑顔でそう言うと、彼はなぜか戸惑いを浮かべる。

「あれ、何か不都合でも？」

まだ仕事があるんだろうか。こてんと首を傾げて見つめると、リュカ様は意外なことを口にした。

「そんな格好で男の部屋に来てはいけません」

「え？」

指摘されて自分の姿を確認する。

淡い水色のネグリジェにガウンを羽織っただけの姿だけれど、スカートは膝下だし露出が激しいわけでもない。

一緒に暮らしてるんだから、これくらい普通では？

「婚約者なんだから大丈夫だと思ったんですが。それに、普通の男性ならともかく、呪われても清廉で爽やかなリュカ様に限って」

あははと笑ってそう言うと、リュカ様はなぜか一瞬不満げな顔をする。

もしかして、貴族って婚約者でも寝間着で会っちゃいけないんですか？

そう尋ねようとしたけれど、気づいたら目の前に白いシャツがあった。リュカ様が、私のことを掻き抱いたのだ。

「!?」

「私も男なんですが」

予想していなかった言葉に、吸った息の吐き方を忘れてしまう。

ぎゅっと抱き締められて、なぜか縋《すが》るような切実さが伝わってきて、身動きが取れなくなった。

「聖騎士は、聖職者ではありませんよ？」

知ってます。知ってますけれど！

心臓がバクバクと大きな音を立てて鳴っていて、きっと彼にも聞こえているはず。

鎮まれと思うほどにますます激しくなり、全身が熱を帯びた。それなのにリュカ様の腕の中は居心地がよくて、ここから離れたくないと思ってしまった。

「………アナベル」

「はい」

耳元に響く低い声。背筋がぞくりとして、私は耐え切れずに目を閉じる。

リュカ様は、まるで懺悔《ざんげ》するような声音で言った。

「あなたにお話ししなければいけないことがあります」

「話、ですか？」

呪いのこと？

舞踏会のこと？

それとも私たちの婚約のこと？

腕の中でじっとしながら、続きの言葉を待った。

「呪いを解く真実の愛のことなのですが……ゴホッゴホッ」

「リュカ様⁉」

彼は突然、顔を背けて咳き込み始める。

私は彼の腕を振りほどき、背中をさすった。

「お水、お水！　横になってください‼」

彼の左腕の下に身を滑り込ませ、支えながら寝室へ移動する。

「は、なしが……ゴホッゴホッ！」

「話は後でいいです！　とにかく今は休んでください！」

リュカ様を強引にベッドへ座らせると、私は水差しを手にしてグラスに水を注ぎ、それを大きな手に握らせた。

水を飲んだら問答無用で彼を敷布の上に転がし、毛布をかけて就寝態勢に入らせる。

「ゆっくり眠らなきゃ……。もう夜も遅いですから」

「そう、ですね」

見つめ合うと、なぜかその瞳が不安げで。もしかして、呪いのせいで気持ちが弱っている？

けれど、すぐにリュカ様はふわりと柔らかく微笑んだ。

「ありがとうございます。大丈夫ですよ」

私は頷き、そっと彼の額に手を伸ばした。

「安眠のお手伝いしますね？」

「お願いします」

リュカ様の目元に手を当てて、神聖力を与えていく。

いくら祈っても助けてくれなかった神様にさえ、「この人を助けてください」と願わずにはいられなかった。

それから五分も経たずに、リュカ様は眠りに落ちた。

何とかしてこの人の寿命を延ばさなきゃ。

それにはやはり、犯人の令嬢を見つけないと……！

「絶対に助けますからね、リュカ様」

返事はない。その安らかな寝顔を見ながら、私は無意識のうちに彼の頬に唇を寄せた。

——ガシャン！

「⁉」

振り向くと、そこにオーレリアンさんがいた。

持ってきた果物の入った皿を派手にぶちまけている。

そして彼は、殺気だった目で私を睨んだ。

「おまえ……！　主人の寝込みを襲うとはぁぁぁ！」

見られた。気まずいことこの上ない。

ただし、襲うっていう表現は心外だった。

「襲うって、頬にキスしたくらいで大げさですね⁉　しかも婚約者なんだから別にいいでしょう⁉

だいたい、キスしろって言い出したのはオーレリアンさんじゃないですか！」

私がそう反論すると、彼はヒステリックに叫ぶ。

「黙れこの落ちぶれ聖女めっ！　キスして呪いが解けなかったんだろう⁉」

あ、しまった。この人は、私たちが昨日キスをしたのにまだ呪いが解けないって勘違いしているんだ。

けれど説明を聞いてくれそうな気配はない。

「呪いなんてものがなければおまえなんて、おまえなんて！」

「そんなこと今さら言っても仕方ないでしょう⁉　恨み言を吐く暇があったら、あなたも解呪に役立つ方法を考えてくださいよ！」

「考えてるに決まってるだろう⁉　四六時中、考えまくっとるわ‼」

なんとも不毛な言い争い。

しかしここで、リュカ様がうっすら目を開けた。

「うるさい、オーレリアン……っ、ゲホッ」

「リュカ様！」

慌てて彼に手を伸ばすと、ふいにそれを摑《つか》まれる。

「おやすみ、アナベル」

「――っ！」

リュカ様はふにゃりと無防備に表情を崩すと、摑んだ手を自分の口元に引き寄せて私の指先にキスをした。

胸がドキーンと鳴って、心臓が止まりかける。

「リュカ様……」

しかも大事そうに、私の手を摑んで離さないなんて。

何この人、かわいすぎて堪らない。

ああ、好き。顔だけじゃなくてもう存在そのものが好き。

絶対に助けたい！

そう決意する私の傍らで、オーレリアンさんが何とも複雑そうな顔をしていた。

嫌いなものを我慢して食べているような、無理やり感情を殺しているような。

「何か？」

「ぐっ……！」

勝ち誇った笑みを向けると、彼はくるりと踵《きびす》を返して部屋から飛び出していく。

こんな落ちぶれ聖女に大事な主人を、という感じなのかしら。

けれど命には代えられない。

◆◆◆

私は自分の手から神聖力をリュカ様に送り続け、明け方に気絶するようにして眠りについた。

「アナベル様、少し休憩なさってはいかがですか？」

「え？　もうこんな時間？」

聖紋の刺繡《ししゅう》に没頭していた私は、メイドのシェリーナに声をかけられて顔を上げる。

さっきお昼を食べたばかりだと思っていたら、すでに三時間が経過していた。

肩が凝ったなぁ、と思いつつ首を左右にボキボキと動かし、ふぅっと息を吐く。

「まだ半分っていうところね」

特別な糸と布を取り寄せ、神聖力を込めつつ針を刺していく。

単純な作業だけれどこれがけっこう疲れる。

温かい紅茶を注いだシェリーナは、目を潤ませながら言った。

「なんという献身的な……！　これほどまでに愛情深い婚約者は、王国中を探してもいないでしょうね」

彼女はリュカ様の呪いのことを知らない。

だからこの刺繡は、単純に愛情によって作られていると思っている。

濃度や量がすでに限界を突破しているように見えるあの黒いモヤを思い出すと、愛なんていう不確かなもので何とかできるんだろうかと疑問が湧いた。

「おいしそう。いただくわね」

私は目の前に置かれた紅茶を飲み、まだ山のようにある布と糸のことはいったん忘れて休憩に入る。

焼き菓子をぽりぽりと頬張ると、普段なら遠慮したいくらいの甘さが疲れた体に染み入ってきた。

私は甘味は苦手だけれど、身体は欲しているらしい。

「糖分補給みたいに、神聖力も補給できればいいんだけれど」

つい手軽に呪いを解けないかと考えてしまう。

指でつまんだ焼き菓子は、砂糖漬けのレモンピールが入った流行りの品だ。

「薬みたいに、口から摂取すれば体内に広がるかな……？」

銀には神聖力が込められるけれど、飲んだところで呪いがどうにかなることはない。

「う～ん」

液体に込める？　聖水はすでに飲んでいるし、効果があるようには見えない。

そもそもリュカ様は聖騎士なんだから、神聖力は常人よりあるんだよね。

「ふうううううううん……」

首が曲がるどころか、私はぽてんとソファーに倒れ込んだ。

シェリーナはそんな私を見ても、いつも通りそばに控えている。主人の婚約者の奇行も見過ごせる、本当によくできた使用人だ。

「真実の愛、って一体何なのよ」

ひとり言がつい口から漏れる。

解呪パターンについては、私も随分詳しくなった。

「愛」なんてものが解呪のきっかけになる場合、恋人同士がキスをするか、求婚するかのだいたい二択になるらしい。

求婚なら、気持ちが伴っていないとはいえすでにリュカ様からしてもらった。ということは、真実の愛を見つけた二人がキスをするという選択肢だけが残るわけで。

けれど、その真実の愛の基準がわからない。どこまでの愛ならダメで、どこからの愛ならオッケーなんだろう。

やっかいな呪いをかけてくれたものだ、と犯人の令嬢を恨んでしまう。

思い悩んでいると、ふとリュカ様とキスをしかけたことを思い出す。

あのきれいな顔が目の前にあって、あとちょっとで唇が触れるところだったと思うと猛烈な恥ずかしさが襲ってきた。

「ひゃぁぁぁぁぁ！」

両手で顔を覆い、座面に頭をこすりつけて悶《もだ》える。

まさか、自分がこんな風になる日が来るなんて思わなかった。

多分これが「恋」というものなんだろう。

お人好しで、まじめで、自分のために計算して生きるということを知らないリュカ様。世の中に、あんなにきれいな人がいると思わなかった。私には彼が聖水より澄んだ人に感じる。

そして同時に、自分の濁りも感じざるを得ない。

今すぐ聖水で全身を洗いたい。

私は手のひらを合わせ、この世のすべてを浄化する心意気で神聖力を放ってみる。

「んんん〜〜！　えいっ！」

ほんの冗談だった。本当に神聖力を出すつもりなんてなかった。

――シュンッ！

「「え」」

私の手から飛んでいった光の玉が、積んであった布の塊に激しくぶつかる。かと思ったら、その中へ吸い込まれるようにして消えていった。

「アナベル様っ！　何をなさったのですか⁉」

「わからないわ！」

神聖力が飛んでいった……？

どう考えても、役立たず聖女の神聖力ではなかった。

「戻ってるの？」

神聖力を吸収して発光する布を前に、私は自分の変化を感じ取る。

シェリーナはまじまじと私を見て、ケガや異変がないか疑っていた。

「今のって神聖力ですよね？　聖女様たちは皆様このように光を放てるのですか……？」

「えーっと、私も初めて見たわ」

もっと出るかしら、と欲を出す私。けれど現実は厳しかった。手のひらに神聖力を集めると、ほわんと軽く光っただけで消えてしまう。

しかも、激しい眩暈《めまい》に襲われるときた。

「あ、使いすぎたんだわ」

懐かしい。

まだ神聖力がたくさんあった頃は、力を使いすぎて貧血になることがあったっけ。

「アナベル様⁉」

ふらふらとソファーに倒れた私を見て、シェリーナが慌てて駆け寄ってくる。

「大丈夫。ちょっと寝たら治るから」

「ほ、本当ですか⁉」

「ええ、だい、じょうぶ、よ」

薄れゆく意識の中で、私は思った。

きっとリュカ様の与えてくれる幸せが、私の荒んだ心を浄化したのだと。そうでなければ、神聖力が回復するわけがない。

リュカ様の呪いを解くために婚約者になったけれど、救われたのは私だった。

深い眠りに落ちた私は、起きたら翌日の昼だった。

◆◆◆

薄闇が空を覆う頃、私は珊瑚色《さんごいろ》に似た柔らかなピンクのドレスを着て、リュカ様とともに王城へ向かっていた。

遠くから見ることしかなかったお城へ、まさかこんなに着飾って来ることになるなんて。

馬車に揺られること三十分以上。ようやく城門をくぐった私たちは、馬車が停まるのを待つ。

「アナベル、大丈夫ですか？」

「だ、大丈夫、です」

浅い呼吸を繰り返す私は、コルセットがきつくてきつくて涙目だ。

正面に座るリュカ様は心配そうな目を向けている。

「馬車酔いでしょうか。神聖力の使いすぎで倒れたばかりなのに、やはり舞踏会に出席するのは無茶だったのでは」

「いいえ、馬車や神聖力はまったく関係なくてですね」

むしろ元気いっぱいだった。コルセットを着用するまでは。

何となく言いにくかったけれど、リュカ様があまりに心配そうに尋ねるので白状する。

「すみません、コルセットがつらいのです。これほど締めつけられるのは初めてなもので」

「そうでしたか……。城へ着いたら、メイドに頼んで緩めてもらいましょう。もうしばらくの辛抱です」

「そうします」

ダメだ。さすがに我慢できなかった。

ドレスを着たとき「苦しいなぁ」とは思っていたけれど、ぎゅっと無理やり収められた内臓や肋《ろっ》骨《こつ》が悲鳴を上げている。

貴族のお嬢様ってこんなに苦しいことをしてまで、ウエストを細く見せて良縁をつかみたいの⁉

ウエストが数センチ細かったからって、何だと言うの⁉

舞踏会に行く前からぐったりしている私は、リュカ様にふと尋ねる。

「世の男性は、そんなに細い女性が好きなんですか……？」

涙目の私を見て、彼は気まずそうにしつつも正直に答えてくれた。

「えっと、多分ですね細さではなくて」

「細さではなくて？」

「ウエストを絞ると胸が大きく見えるでしょう？　多分それを狙って、コルセットで絞め上げるのかと」

「なるほど。胸が大きい方がいい、と」

「いえ、私個人の意見ではないですよ？　世の中一般的に、おそらくそうではないかと」

慌て出したリュカ様を見て、私はつい笑ってしまった。

リュカ様は素晴らしい人だから、胸の大きな女性が好きとか、巨乳美女につられて一夜を……なんてことはないと誰でもわかるのに。

ただし、視線を落とすと自分のささやかな胸が悲しい。ちょっとしたふくらみを誇張するために、下からも背中からも肉を集めて盛り上げて……。

肩のストラップがなかったら、ドレスがストーンって下に落ちちゃうくらいには微々たる胸が切ない。

いや、私のせいじゃない！　教会の質素な食事じゃ、育つものも育たないのよ。そう、私のせいじゃない、と自己暗示をかける。

「アナベル、女性の美醜は胸の大きさではないと……私は思います」

キリッとした顔で言われても。

優しさが裏目に出たパターンだった。

「リュカ様。改めてそう言われると逆に悲しくなるんで、そこは見て見ぬふりでお願いします」

彼が困ったように目を伏せるので、ちょっとかわいそうになってくる。

だから、もうこの話はおしまいにした。

「ところでお身体の具合はいかがですか？」

リュカ様は、今日は顔色がよく咳も出ていない。

神聖力のお守りを五個も衣装の中に仕込んできたから、その効果が出ているように思える。

「ええ、とても身が軽いように感じます。アナベルのおかげです、ありがとうございます」

私が神聖力をたっぷり付与した布は、偶然の産物だけれどとても役立っている。

リュカ様のためなら、私は何度でも貧血になろう。

そう思っていると、彼が訝《いぶか》しげに呟いた。

「なぜここまで神聖力が回復したのでしょう？　一度失った神聖力が元に戻ったという報告は聞いたことがありません」

私も聞いたことがない。

二人して、頭を悩ませる。

リュカ様はしばらくの沈黙の後、私の顔を見て言った。

「解呪師のアーヴィス殿に尋ねておきます。もしかしたら、過去の文献にそういう記述があるかもしれないので」

教会では、神聖力が枯渇した聖女はもれなく放逐される。私が、エルヴァスティに売られそうになったように。だから、教会を出た後の元・聖女のことは何一つわからなかった。

城の書庫や魔法師の塔になら、何かヒントがあるかも。

私は苦しさを紛らわせるように、わざと明るい声で話す。

「ふふっ、せっかくなのでどんどんお守りを作りますね！　もっと神聖力が回復したら、部屋に結界をつくることもできるかもしれません」

禁書の知識の出番だわ。

そう意気込んでいると、リュカ様が無言で私の手を取る。

「リュカ様⁉」

いきなり触れられると心臓に悪い。

驚いて声が裏返ってしまった。

「アナベル、無理しないでくださいね？　あなたが神聖力を使いすぎて気を失ったと聞いたときは、生きた心地がしませんでした」

大きな手に包み込まれると、ますます心臓が早く打つ。

私はすっぽり覆われてしまった手を見ながら、曖昧な笑みを浮かべた。

「わかりました……。気を付けます」

「本当に？」

ひぃぃぃ！　美形の上目遣いの殺傷能力がすごい‼

このままでは幸せ死してしまう‼

慌てて自分の手を力任せに引き抜くと、リュカ様がちょっと悲しげな顔になった。

「すみません、不躾《ぶしつけ》に手を握ってしまい」

「いえ」

「私に触れられるのは嫌ですか？」

「いえいえいえいえ‼　そんなっ、全然！　ただひたすらドキドキして、刺激が強すぎて昇天しそうなだけでして！」

馬車の壁に縋りつくように逃げつつも、正直すぎるだろうと自分でもツッコミを入れたくなるほど心の内を告げてしまった。

リュカ様はそんな私を見て、ふわりと柔らかく微笑む。

「そうですか、それならば大丈夫ですね」

「どこがですか⁉」

大丈夫じゃないから、こんな風に壁にへばりついていますよ⁉

そうこうしているうちに馬車が所定の位置に着き、ようやく御者から声がかかった。

――ガチャ。

扉が開くと、緩やかな音楽が聴こえてくる。

「では、いきましょうか」

今日もおもいっきり呪いのモヤが見えるけれど、リュカ様の笑顔は変わらず神々しい。

私は差し出された手をおずおずと取り、足元に気を付けながら馬車を降りた。

「ここは会場から少し遠い、聖騎士団の裏口です。私と一緒の姿を見られない方がいいと思い、少々不便ですがここを選びました」

リュカ様はすぐに第二王子のところへ向かうけれど、私は聖騎士の同僚のティムさんに預けられる。彼の親戚ということになっているので、一緒に舞踏会を楽しむ風を装ってご令嬢方の中に紛れるのが私の仕事である。

待ち合わせ場所へ到着すると、そこにはすでに茶色の髪を短く整えた騎士がいた。

彼はリュカ様を見つけると、かすかに口元をほころばせて挨拶をする。

「隊長、お久しぶりです」

「あぁ、元気そうだな。活躍の噂《うわさ》は聞いているよ」

「またまた～。隊長こそ随分と…………黒いですね」

かなり気安い感じのティムさんは、二年前までリュカ様の部下だったらしい。二十二歳の彼は伯爵家の次男で、今は王女様の護衛を務めていると聞いている。

彼も聖騎士なので、リュカ様の黒いモヤが見えている。呪われたことは伝えられていたそうだが、実際にこの量のモヤを見ると顔が引き攣《つ》っていた。

うん。わかりますよ。初見ではそんな反応になりますよね。

彼は気を取り直し、私の方に視線を向けた。

「そちらがご婚約者様ですか？」

「あぁ、アナベル嬢だ」

リュカ様に紹介され、私は笑顔でカーテシーをする。

礼儀作法のレッスンはがんばったけれど、きちんと令嬢に見えているかは不安だ。

「はじめまして。アナベルにございます」

「ご挨拶をいただき、ありがとうございます。ティム・コンカートと申します。今日は、そうですね……『アナ』とお呼びしても？」

「はい、よろしくお願いいたします」

アナはよくある愛称なので、今夜の招待客にも数名は存在するくらい自然な呼び方だ。

身バレはなるべく防ぎたいから、私も彼の提案にのることにした。

「ところで、顔色が青白いですが具合でも……？」

バレた。

私は思わず遠い目になる。

そんな私を見て、リュカ様がティムさんに控室へ連れて行ってくれと頼んでくれた。

「ルグラン侯爵家に割り当てられた控室は使えないから、すまないがティムの妹が借りている部屋へ連れて行ってくれないか？　そこでアナベルの衣装を整えたい」

「わかりました。お任せください」

うっ。ティムさんはすべてを察してくれて、何も聞かなかった。

一言ぽろっと「俺、男でよかった」と呟いたのは気のせいじゃないけれど、私もスルーしよう。

「では、アナベル。どうか無茶はしないでくださいね」

「わかっています」

勝手に令嬢を捕まえたり、殴ったりしません。

笑顔でリュカ様を見送ろうとすると、心配そうな顔をした彼が一瞬にしてずいっとその顔を寄せる。

「本当にわかっています？」

「!?」

びっくりして息を呑《の》んだ隙に、ちゅっと額にキスをされた。

突然の出来事に目を丸くする私を見て、リュカ様は優しい笑みを向ける。

「ティムはともかく、誰にも気を許してはいけませんよ？　何かほのめかされても、決して男と二人にならないでください。それでは、また後で」

「は、はい」

かろうじて返事をするけれど、聞こえないような小声になってしまった。

ティムさんもいるのに、額にキスをするってどういうこと!?

この人の前では、仲のいい婚約者を演じるってことですか⁉

ドキドキする胸を手で押さえて立ち尽くしていると、すぐそばにいたティムさんが唖然として言った。

「隊長って普段はあんな感じなんですね」

いえ、普段はあんな感じではありません。

「愛されていますね～」

にっこり微笑むティムさんに、私はどう返せばいいのか。

愛？　そんなものがあれば呪いが解けずに困っていないんですが。

「私では物足りぬかと思いますが、今宵はエスコートさせていただきます。どうぞ」

「ありがとうございます」

ティムさんの左腕を摑むと、彼は控室へと誘導してくれた。


第二王子主催の舞踏会には、上流貴族を中心に百組以上が招待されていた。

護衛もうまく潜んでいるというから全員が純粋な招待客ではないけれど、第二王子の婚約者の座を狙う貴族令嬢たちはいずれも華やかな装いで気合が入っているのがわかる。

私は社交慣れしていない令嬢のふりをして、ティムさんとダンスに興じる。

「アナ、一曲お相手を」

「はい。よろしくお願いいたします」

二回も足を踏んでしまったけれど、彼は笑顔で見逃してくれた。

さすがはリュカ様が選んだ相手、ティムさんもとても優しい人だと思った。

「リュカ殿はもっとお上手なんですが……」

申し訳なさそうにするティムさんは、そう言いつつも優雅にリードしてくれる。

「私が不慣れなのがいけないんです。もっと練習しないといけませんね」

苦笑いでそう返すと、彼もまた控えめに笑った。

「ま、こういうのは慣れですから。お互いほどほどにがんばりましょう」

「そうですね～」

初対面の人とは思えないほどの気楽さ。

リュカ様には手を握られただけであんなに緊張するのに、ティムさんとはダンスで密着しても平常心を保っていられる。

やはり私は、あの人に恋をしてしまっているらしい。

私たちがダンスを終えると、わらわらと盛装の貴族令息がやってくる。

「はじめまして、美しい人。どうか私と一曲お相手願えませんでしょうか？」

「いいや、次に踊るのは僕ですよ」

なんていう積極性。ティムさんは苦笑いで私を守ってくれた。

「彼女は私の遠縁です。今日が初めての舞踏会で、緊張しているのです。もう少し慣れた頃にお願いしますよ」

第二王子に令嬢が集まっているから、こんな即席令嬢の私にもダンスのお誘いが来るんだろうな。

断られた彼らは、ちょっと不満そうな顔をして去って行った。

ティムさんは聖騎士なので、その遠縁の私を無理やり連れ出すなんてことはできないのだ。

聖騎士って本当にすごい地位なんだな、と実感する。

「さて、ここからが本番ですよ」

「ええ、王子様のところへ参りましょうか」

煌《きら》びやかな会場の最奥には、フェリクス王子の姿があった。

紺色の正装に金の髪がよく映え、麗しい笑みを浮かべている彼は間違いなく貴公子だ。

「なんていうか、あれで十七歳なんですね。色気がすごい」

呪うほどに惚《ほ》れこんでしまったご令嬢の気持ちはわからなくもない（呪っちゃダメだけれど）。

すぐそばにリュカ様もいて、タイプの違う美形が並ぶとさらに存在感が増す。

リュカ様は黒いモヤを背負っているのに優雅な笑みで男性陣と会話し、フェリクス様ともときおり言葉を交わしていた。

こうして離れたところから見ると、やっぱり別世界の人なんだなぁと実感する。

立ち居振る舞いにしても、所作にしても、この煌びやかな空間に見事に溶け込んでいるもの。

皮肉なことに、私とリュカ様を結んでいるのはあの背中の黒いモヤなんだと思い知らされた。

「いけない、仕事しないと」

給仕係からグラスをもらい、ぐびっとシャンパンを呷《あお》って気合を入れる。

そしていよいよ調査活動をスタートするべく、白ワインの入った新しいグラスを手にして移動した。

リュカ様からの情報では、フェリクス様を囲んで談笑しているご令嬢方はいずれも上流貴族の娘さんたち。

その中の一人、コーデリア・ジョルダーナ侯爵令嬢は王子様の想い人で、呪いをかけた犯人ではないらしい。

観察していると、巨乳美女を筆頭にした四人のご令嬢方が王子様にダンスを迫った。

「殿下、わたくしと踊ってくださいませ」

「リリアーナ様はダンスがお上手ですから、わたくしたちもぜひ目で楽しませていただきたいですわ」

けれど今、全力でアプローチしているのはリリアーナ様という公爵令嬢だ。

深紅のドレスは大胆に胸元が開いていて、見事な谷間がのぞいている。あれは女性でもつい見てしまう。

おのれ、巨乳令嬢め。「もうリリアーナ様が犯人でよくない？」と私情を挟んでしまいそうになるけれど、そこはぐっと堪えてその場を観察した。

取り巻き令嬢たちも必死でリリアーナ様を推していて、どう見てもフェリクス様とリリアーナ様をくっつけようとしているのは明らかだった。

本命のコーデリア嬢は、一歩引いたところでじっとしている。

消極的で奥ゆかしい性格なのか、それともフェリクス様のことを狙っていないのか？

どうするのかと見ていると、先に動いたのはフェリクス様だった。

「今宵の相手は、最初から決めているんだ」

麗しい笑み。

あぁ、リリアーナ様は「わたくしね」って自信満々だ。

フェリクス様はそれをわかっていながら、コーデリア嬢へ目を向けた。

「コーデリア嬢、どうか私と踊っていただけませんか？」

「――っ！」

周囲の空気がピシッと凍りついたけれど、フェリクス様の笑みは揺るがない。

たった一人、茫然《ぼうぜん》とするコーデリア嬢に対してのみ向けられている。

煌びやかなお城で、王子様からダンスのお誘い。

夢のようなシチュエーションなのに、コーデリア嬢は不安げに身体を強張らせていた。

「わ、わたくしで、よろしければ……」

震える指先が王子様の手にそっと近づく。

待ちきれないとばかりにそれを掴んだフェリクス様は、愛おしいという感情を込めた目で彼女を見つめた。

フラれてしまったリリアーナ様は、わなわなと震えている。

リュカ様によると、貴族は感情を表に出してはいけないと教育されるらしいけれど、女性は違うのかしらね？

リリアーナ様が憎悪の目を向けるコーデリア嬢は、ホールの中央で王子様と優雅にワルツを踊っている。

緊張の面持ちだけれど、さすがは侯爵令嬢。ダンスは華麗で優雅だった。

「アナ、もうダンスは踊らないのですか？」

王子様たちを観察していると、背後からそっとティムさんが声をかけてきた。

彼は彼で、王子様に視線を向ける人物を観察するという役目がある。

「ダンス中に、情報を聞き出せる自信がありません。誰かを観察する余裕もなくなりますから」

「ははっ、それは仕事に支障が出ますね」

「ええ。でも、コーデリア嬢はさすがお上手ですね。リリアーナ様もさぞ悔しいでしょうに」

曲の終盤。二番目に踊るのかな、と思ってリリアーナ様を見ると、最初に踊らないと意味がないと思っていたみたいで、彼女は鼻息荒くホールから出て行った。

取り巻き令嬢たちに当たり散らし、ぶつかりそうになった給仕係を睨みつけ、これでもかというほど怒りを露わにしている。

「ちょっと様子を見てきます」

「ならば私も」

自分もついて来てくれると言うティムさんには、やんわりとお断りした。

「行き先は化粧室でしょうし、私一人で」

「わかりました」

私はこっそり彼女たちの後を追う。

とはいえ、リリアーナ様は呪いをかけた犯人じゃないなと確信していた。

だって、あんなにわかりやすく感情を見せる人は呪いなんていう回りくどい手段は使わない。

彼女たちは化粧室へ向かうらしく、ホールから出て王城の廊下を四人揃《そろ》って歩いて行った。

化粧室へ向かっていると、正面から一人のご令嬢がやってきた。

長い亜麻色の髪が艶やかで、透き通るような白い肌に緑色の瞳は優しそうで愛らしい。

リリアーナ様たちに気が付くと、彼女はスッと道を譲って端に避けた。

「まぁ！　エルフリーデ嬢ではないですか。ごきげんよう」

「ごきげんよう、リリアーナ様」

はたからみれば、蛇とうさぎくらい攻勢に差がある。

リリアーナ様はさきほどの鬱憤を晴らすかのように、いじわるく口元を歪《ゆが》めて笑った。

「相変わらずパッとしないわね。そんな姿で殿下の前に出ないでくださる？」

「申し訳ございません」

怯《おび》えた様子のエルフリーデ嬢は、小さな声で謝罪する。

貴族令嬢の中にも、気弱な子はいるらしい。

私はじっと様子を窺《うかが》っていた。

「大司教様の品位を落としかねないわ、早くお帰りになったらどうかしら。わたくし、あなたのためを思って忠告してさしあげているのよ？」

「あ、ありがとうございます……」

俯《うつむ》いて唇を噛《か》みしめるエルフリーデ嬢。

確か、教会のナンバー二である大司教様の姪《めい》だったかな？

派手さはないものの、整った顔立ちは大司教様にちょっと似ている。

リリアーナ様はパッとしないって嘲るけれど、クリーム色に淡いピンクの装飾がついたドレスは地味というより穏やかでかわいらしい印象だと思う。

まぁ、最初からけなすつもりで話しかけてるんだろうし、リリアーナ様の真っ赤な生地にこれでもかというほど宝石のついたドレスに比べれば全員が地味だわ。

それにしても、一人のか弱いご令嬢を多数で取り囲むなんて、あまりに醜悪で見ていられない。

私はついムカムカして、グラスを手に彼女たちの方へと歩いて行った。

——ドンッ！

「きゃあ！」

一番後ろにいたご令嬢に、わざとぶつかってグラスの中身を少しだけかける。

わざとだけれど、私は酔ったふりをしてへらりと笑顔で笑いかけた。

「あら～、ごめんなさい？　私としたことが足元がふらついて」

「ちょっと！　何なのよ！」

「あぁ、気分が悪いわ。吐くかも。ハンカチを貸してくださらない？」

「嫌ぁぁぁ！」

ぎょっと目を瞠った彼女たちは、エルフリーデ嬢のことを置き去りにして慌てて走り去り、突き当たりにある化粧室へと飛び込んでいった。

廊下に残されたエルフリーデ嬢は、呆気に取られた顔で彼女たちの背を見送る。

けれど、はっと何かに気づくと私を見て心配そうに言った。

「あなた大丈夫？　あの、ドレスに少しお酒がかかっていますよ」

「え？　本当だわ～。うふふふ、でも大丈夫でーす」

裾を見ると、自分にもかかってしまっていた。

取り巻き令嬢にだけかけたつもりが、慣れないことはするものじゃないな。

エルフリーデ嬢は、酔っ払いを演じる私に白いハンカチを差し出してくれた。

「どうぞ、これを使ってください」

「どうもあり……」

遠慮なく受け取ろうとして伸ばした手を、私は思わず止めた。

「どうかしましたか？」

「いえ、あの、こんなにきれいなハンカチを借りてもよろしいのかしら？　って思ったんです」

咄嗟《とっさ》にごまかした私を見て、彼女はくすりと笑う。

「構いませんわ。どうか使ってくださいな」

「あ、ありがとうございます」

おずおずとそれを受け取る。

「…………」

正直言って、これでドレスの裾を拭くのは躊躇《ためら》われた。

だって、ハンカチからはうっすらと黒いモヤが滲《にじ》んでいるから……。

けれど拭かなければ怪しまれるので、そっと押さえるふりをしてそのまま握りしめた。

「洗ってお返しいたします」

「いえ、その必要はありません。差し上げますわ」

「そうですか？　ご親切にどうも」

エルフリーデ嬢は、天使のような笑みを浮かべる。

怖い。

黒いモヤの滲むハンカチを持っていながら、純真無垢《じゅんしんむく》な令嬢にしか見えないなんて。

どうしたものか、と思ったものの悩んでいる時間はない。

ここは罠《わな》を仕掛けてみることにする。

「私ったらいいことがあったので、うれしくて飲みすぎちゃったんです～」

「まぁ、そうなんですか？」

エルフリーデ嬢は、かわいらしく小首を傾げた。

「実はね、フェリクス様からお誘いを受けまして」

「…………まぁ」

別に嘘《うそ》は言っていない。

今日、王子様からお誘いがあってここに来たんだから。

「フェリクス様ったら『君の力が必要だ』って……、うふふふ」

「力が必要、とは？」

「やだ、そこまでは話せませんわ～。なくなったと思っていた神聖力が急に復活して……あぁ、いけない。秘密です！」

わざとらしくはしゃぐ私。

普通なら酔ったふりだとわかるだろうけれど、エルフリーデ嬢は騙《だま》されてくれるだろう。

きっと家に戻って私のことを調べるはず。叔父である大司教様に、私とフェリクス様の関係を確認するに違いない。この髪色、そして神聖力がなくなって復活したという話を手がかりに、私に辿り着くのは簡単だろう。

「それではお優しい方、ありがとうございました！　私はこれで失礼いたします!!」

「えっ、ちょっ……！」

引き留めようとした彼女を放置し、私は大げさに手を振ってホールの方へ駆けだした。

生粋のお嬢様が私に追いつけるわけもなく、あっという間に彼女を撒《ま》き、中庭へ出る。

「人は見かけによらないわね～」

私は走りながら、今後のことを考えていた。

エルフリーデ嬢が呪いをかけた犯人だということは、間違いない。ただ、そうなると王子様を慕う一個人のご令嬢が呪いをかけた……ということではないと思う。

「大司教様が絡んでいるなら、面倒なことになるわよね」

第一教会という同じ場所にいながら、私が大司教様に会うことは式典や貴族の治癒があるときくらいだった。

神聖力が強かった頃は、挨拶を交わすことはときおりあったけれど、ここ三年くらいは一度も口を利いたことがない。

思い出すのは、澄ました顔で貴族と話す大司教様の姿。貴族出身である神官特有の傲慢さが伝わってくる。

中庭を抜けると、ティムさんがいるホールへ通じる扉がある。

とにかく、このハンカチをリュカ様に見せないと。ティムさんと合流し、すぐにリュカ様に報告したかった。

重苦しい黒いモヤを放っているハンカチを手に、私はドレスの裾を靡《なび》かせて走った。

【第四章】　呪われた聖騎士は愛を囁《ささや》く

広い広い控室。

王城の敷地内にある離れで、かわいらしい雰囲気の部屋に通された私はぽつんとソファーに座ってリュカ様を待っていた。

――バンッ‼

「アナベル！」

ここへ来て、十五分ほど。見えないからって、ドレスの裾の中でヒールの高い靴をこっそり脱ぎ、寛ぎはじめた頃に扉が大きな音を立てて開く。

驚いてそちらを見ると、いつも涼しい顔で優雅なリュカ様が血相を変えて飛び込んできていた。

「無事ですか⁉」

「うへぇ⁉」

再会するや否や、両の二の腕を摑《つか》まれ安否確認をされる。

リュカ様の背後には、彼を呼びに行ってくれたティムさんがいた。

「隊長！　落ち着いてください！　アナは犯人に何かされたわけでは……！」

必死の呼びかけと実力行使の制止により、リュカ様ははっと我に返る。

そして、自分が私を強引に捕まえていたことに気づくと、「しまった」という顔をしてすぐ私を解放した。

「すみません、あなたが犯人の令嬢を見つけたと聞き、取り乱しました」

「いえ、ちょっとびっくりしただけで大丈夫です」

いくらなんでも、犯人のご令嬢も城内で問題を起こしたりしない。

それにエルフリーデ嬢は、直接危害を加えてくるだけの腕力はなさそうだった。

リュカ様は私の前に片膝をつき、本当に外傷がないか目視で確認している。

まじまじと見られると恥ずかしい。

「あの、本当に大丈夫ですから」

「そのようですね。アナベルが傷を負ったり、万が一呪われてしまったらと不安だったのですが、その心配はなさそうです」

やっと笑みを浮かべたリュカ様は、心の底から安堵《あんど》しているようだった。

清らかな人は心配性なんだな、と思いつつもこうして案じてもらえるのを喜んでしまう。

「リュカ様、とりあえず座ってください。そんなところに膝をついていては……」

聖騎士で、しかもルグラン侯爵家という名家のご嫡男様を跪《ひざまず》かせるなんて申し訳ない。

椅子を勧めると、彼はすぐに立ち上がって腰かけた。

――私の隣に。

「リュカ様？」

「はい」

「少し近いような気がするんですが」

「そうでしょうか」

リュカ様があまりに平然としているので、もしや貴族とはこういう距離感なのかと疑った。

ところが、見かねたティムさんが苦笑いで告げる。

「隊長。婚約者が心配だったのはわかりますが、アナが戸惑っているのでこちらの椅子にかけてください」

斜め向かいにあった一人掛けの椅子。

ティムさんにそちらに座るよう促され、リュカ様は少し不満げに眉根を寄せたが諦めてそちらへ移動した。

リュカ様は椅子に座るなり、前のめりで私に尋ねる。

「呪いをかけた犯人に会ったと聞きましたが、エルフリーデ・カステリオ侯爵令嬢で間違いありませんか？」

私はテーブルの上に置いてある、まだ黒いモヤをかすかに放っているハンカチを見て頷《うなず》いた。

「はい、彼女がコレを持っていましたので間違いないかと」

おそらく彼女の部屋に、呪いの代償を引き受けた核の宝石があるのだろう。

偶然か何なのかはわからないけれど、その核にハンカチが触れてモヤが移ったのだと私は推測した。

「バッグに一緒に入れて持ち運んだとか、衣装箱の中に一緒に入れていたとかそんなところだろうと思います。エルフリーデ嬢は大司教様の姪《めい》ですから、呪いについて詳しいのも納得できますし、それに核となる宝石を手に入れられるだけの財力も伝手《つて》もあるかと」

「そうですね。条件は揃《そろ》っています。しかし彼女がなぜフェリクス様を……」

一見すると、控えめで純真無垢《じゅんしんむく》な深窓のご令嬢。彼女が王子を呪うとは、雰囲気からは思わないかも。

「エルフリーデ嬢に、フェリクス様を慕っているようなそぶりはありませんでしたか？」

私がそう尋ねると、リュカ様は口元を右手で覆いしばらく考えた後に答えた。

「わかりません。令嬢方を招く茶会では、リリアーナ嬢らが積極的にフェリクス様に話しかけていたのは記憶していますが、エルフリーデ嬢は印象が薄くて。婚約者になりたいと、積極的に動いたことは一度もありませんね」

「隊長のおっしゃる通りかと。私も何度かお会いしたことがありますが、おとなしく控えめで、彼女からフェリクス様に話しかけにいくことすらなかったです」

ティムさんも、リュカ様と同意見だった。

つまりは、秘めた恋ということなんだろうか。

リュカ様はハンカチを確認し、名前や家紋の刺繍《ししゅう》から本人のものだと断定する。

ティムさんはよほどエルフリーデ嬢の外見に騙《だま》されていたのか、納得いかないという風に唸《うな》った。

「う～ん、どう考えてもエルフリーデ嬢と犯人像が繋《つな》がらないんですが」

もっと醜悪で、いかにも呪いますよという魔女みたいな人物像を想像していたのかしらね？

でも、呪った犯人が清廉潔白なことで知られていたまさかの人物だったということは、巷《ちまた》ではよくある話だ。

強い恨みを持っている人、どうしても手に入れたいものがある人、その気持ちが大きいほど用意周到に、狡猾《こうかつ》に準備は行われている。

私は、リュカ様に向かってエルフリーデ嬢のことを尋ねた。

「エルフリーデ嬢は、身分も容姿も王族に嫁ぐに十分な方ですよね。けれど、ほかの候補者から一歩抜きん出ているかというとそうでもないのでしょう？」

「確かにそうですね。フェリクス様のお相手が、エルフリーデ嬢でなければならない理由はありません」

フェリクス様ご自身は、さきほどダンスを踊っていたコーデリア嬢が好きなんだろうけれど、候補者として名前が挙がっている令嬢はたくさんいそうだ。

エルフリーデ嬢が候補者の一人だとしてもおかしくない。そして、恋心を拗《こじ》らせていたとしても、何ら違和感はなかった。

「これは私の想像に過ぎませんが、フェリクス様に呪いをかけることで大司教様との繋がりがある自分がリードできると思ったのではないでしょうか？　当然、護衛が庇《かば》うことも織り込み済みで、身代わりで呪われた護衛騎士のためにフェリクス様が呪いを解こうと奮闘するところまで、予想して実行したんだと思いますよ」

解呪師が呪いを解けなければ、フェリクス様は教会を頼るだろう。

もしかすると、もうすでに教会に協力要請を出しているかもしれない。

「教会にとったら、王家に恩を売るチャンスなのでは？　そして、呪いが解けたら大司教様が『姪をフェリクス様の婚約者に』と持ちかけることも考えられますよね。エルフリーデ嬢は『相談に乗る』と見せかけて王子様に近づくこともできますし」

致命的だったのは、エルフリーデ嬢に神聖力がなくて黒いモヤが見えないことだろう。見えていたら、こんなハンカチを堂々と私に差し出すなんてしないはず。

沈黙するリュカ様のそばで、ティムさんが悔しげに言った。

「今すぐエルフリーデ嬢の身柄を拘束……はできませんか」

リュカ様は静かに首を振る。

「証拠がハンカチ《これ》だけでは無理だ。呪いの核を持っているところを捕まえなければ」

いくら何でも、疑惑だけで侯爵邸には踏み込めない。言い逃れできない証拠がなければ、侯爵令嬢を捕らえることはできないだろう。

だから私は、彼女にわざと私の身元がわかるように情報を流した。

「リュカ様、おそらく数日後にはエルフリーデ嬢は私に接触しようとしてくるはずです。フェリクス様との仲をほのめかして、神聖力が回復したっていうことをわざと教えましたので」

フェリクス様との嘘《うそ》は、おまけみたいなものだ。

私にはかつて、呪いを強引に解呪できるくらいの神聖力があって、それは大司教様と繋がっているエルフリーデ嬢ならすぐにわかるだろう。

きっと、彼女は焦るはず。

私に呪いを解かれたら、すべて水の泡になると。

「アナベル⁉　あなた何をっ……⁉」

リュカ様は、険しい顔をした。

でも、こうでもしないと向こうから来てくれない。侯爵邸に乗り込んだり、彼女を連行したりできないなら、向こうが私を狙っておびき寄せられるのを待つしかない。

リュカ様の呪いは、もう随分と彼の心身を蝕《むしば》んでいる。一刻も早く、彼の呪いを解きたい。

危険なことだとわかっていても、この機を見逃すことはできなかった。

「私が囮《おとり》になります。だから彼女を」

捕まえてください、と最後まで言う前に、リュカ様が大声でそれを遮る。

「――そんなことできるわけないでしょう‼」

突然立ち上がったリュカ様は、一足飛びに私のもとへ近づいた。

つられて立ち上がった私は、目を丸くしてリュカ様を見上げる。

「リュカ様⁉」

見えたのは一瞬だったけれど、傷ついた顔をしたリュカ様は覆いかぶさるようにして私を抱き締めた。

「あなたを囮になんて、できるわけがありません」

振り絞るようにして声を漏らしたリュカ様に、私は何て言葉をかけていいかわからなくなる。

ただ心臓がバクバクと鳴っていて、緊張で身体《からだ》が強張った。

「……アナベル、私はあなたに謝らないといけないことがあります」

低い声が耳をくすぐる。

「謝らないといけない、こと？」

一体何のことなのか。まるで予想がつかない。

リュカ様が、私に何か酷いことをするとは思えないから……。

でも、何だか悪い予感がする。

腕の中でおそるおそる彼を見上げると、リュカ様は苦しげな声音で告げた。

「あなたが囮になる必要などないのです。それどころか、アナベルが私のために何かする必要はまったくない」

「どういうことでしょうか」

動揺で目を瞬かせていると、扉の向こうが騒がしくなるのが聴こえてきた。

バタバタと数人の足音が近づいてきて、ノックもなく扉が乱暴に開かれる。

「リュカ！　いるか⁉」

部屋に飛び込んできたのは、舞踏会のホールで遠目に見た麗しい王子様だ。

さらさらの金髪が乱れるのも構わず、彼は入って来るなり両手で頭を抱えて苦悶《くもん》の表情を浮かべた。

「うわぁぁぁ、もうどうすれば……！　コーデリア嬢にフラれた……!!」

私とリュカ様は、抱き合った状態でフェリクス様に目を向ける。

ティムさんも、唖然《あぜん》とした表情で見つめていた。

フラれたって何？　きょとんとしていると、フェリクス様はがくんと床に膝をついてこの世の終わりのような雰囲気を醸し出した。

そして、意外な言葉を呟《つぶや》く。

「私が真実の愛を見つけられなければ、リュカの呪いが解けないのに……!!　すまない、リュカ」

しんと静まり返る部屋。

私はリュカ様の腕の中に収まったまま、すぐ近くで床に崩れ落ちたフェリクス様を茫然《ぼうぜん》と眺めていた。

「どういうことですか？」

「………………」

リュカ様は何も答えない。

ティムさんは私と同じく「は？」と停止しているので、この件について何も知らないんだろう。

フェリクス様はというと、派手に泣いていた。

「ぐぅぅ……!!　私が不甲斐《ふがい》ないばかりにリュカが……！　コーデリア嬢がまさか護衛と恋仲とは……！」

えーと、状況を整理してみよう。コーデリア嬢は殿下の想い人である。

護衛と恋仲？　さっき「フラれた」って言ってたのは、フェリクス様は想いを告げたけれどよい返事がもらえなかったということだろう。

そこまでは理解できる。

けれど、問題はそこじゃなくて。

「リュカ様、もしかして謝りたいことって」

頭上から、いつものように優しい声は聞こえてこない。

ただ、私を抱く腕の力が少しだけ強まった。

まるで何かを恐れているみたいに、強張っているようにも思える。

「何か言ってください」

見上げると、彼は苦しげに眉根を寄せていた。

見つめ合って数秒、リュカ様は何か言おうとしてそれをやめた。飲み込んだ言葉が何なのか、私にはわからない。

またしばらく沈黙が続いた後、扉の前に立っていた男性が代わりに口を開いた。

「リュカがまだ話していないみたいだから、代わりに私が説明するよ」

怪しげな装飾品をジャラジャラとつけたその男性は、柔らかな笑みを私に向ける。

見たところ、フェリクス様のお付きの魔法師っぽい。

「私は、リュカの呪いの分析を任されているアーヴィスだ。君とは昔一度、教会で会っているんだけれど、覚えていないよね？」

昔ってことは私がまだ七～八歳で、教会に入りたての頃だろうか。

神聖力がめったやたらに有り余っていた時代の話だと思われる。

あの頃は魔法師や解呪師、それに聖騎士の偉い人が教会に来たらお出迎えすることがあった。かわいい子どもがお出迎えすると和む、というだけの理由である。

「はい、まったく覚えていません」

「素直だね、君のような子は嫌いじゃないよ」

くすりと笑ったアーヴィスさんは、王子様に着席するよう勧めた。

涙に濡《ぬ》れて絶望してるフェリクス様のことを、ひょいと首根っこを捕まえて椅子に投げるようにして座らせたのでびっくりしてしまう。

「ほら、泣かないの。フェリクス様は追い詰められたら弱いんですからまったく」

アーヴィスさんに呆《あき》れられ、フェリクス様は今度はカッと目を見開いて怒り出した。

「これが涙せずにいられるか⁉　私が真実の愛を見つけてコーデリア嬢とキスをしなければ、リュカの呪いが解けないんだぞ‼　フラれたショックも大きいが、護衛騎士一人助けられない己の不甲斐なさをどうすればいい⁉」

「あーはいはい、もう全部説明してくれましたね。つまり、そういうことなんだ、アナベル嬢。呪いはこのフェリクス様を対象にしていた。庇って呪いに蝕まれたのはリュカだけれど、解呪の要となる『真実の愛』を見つけないといけないのはフェリクス様だったんだよ」

一通り説明を受けて、私は驚きよりも納得の方が強かった。

なぜ今までそれに気づかなかったんだろう。

リュカ様との始まりが「呪いを解くために結婚してください」だったから、私は彼が真実の愛を見つけないといけないと思い込んでいた。

隣に座っているリュカ様を見上げると、彼はじっと私を見つめていて、目が合ったことをきっかけに口を開いた。

「アナベル。話さずにいてすみません」

「いえ、その……。そういえばリュカ様は話があるって言っていましたよね？　このことだったんですね」

胸に湧いたこの喪失感や虚無感みたいなものは、一体何なんだろう。

けれどそんなことより、フェリクス様がフラれてしまったということは。

これは、非常にまずい状況ではないだろうか？

私は正面に座っているアーヴィスさんを見て、静かに尋ねる。

「リュカ様の呪いを解く方法は、ほかにあるんですか？」

手が小刻みに震え始め、私は無意識にリュカ様の大きな手を握る。

アーヴィスさんは少し困ったように眉を顰《ひそ》め、ちらりとフェリクス様を見て言った。

「呪いをかけた令嬢を見つけ、呪いの核を破壊する。代償を本人に受けさせることになるが、やむを得ないだろうね。もう一つは、教会に頭を下げて教皇様や大司教様のお力を借りる。神聖な法具なら、解呪できるかもしれない。ただし、この場合はフェリクス様の妃の座を渡さないといけないだろうね」

「そんな！　呪いをかけたのはエルフリーデ嬢なんですよ⁉　大司教様が、姪のやったことを知らないわけないじゃないですか！」

「だとしても、現状はその二択だよ。私だって教会に借りを作るのがいい方法だとは思っていない」

「あんな……！　あんな金のことばっかり考えていて、商人からお金をもらって聖女を売り払うような連中に……‼　私たちには毎日毎日同じような豆とカチカチのパンばっかり食べさせるくせに、神官長以上は肉を食べて酒呑《の》んでるような連中に……‼　大司教様なんて、相談に来た未亡人を手当たり次第に寝所に連れ込んでるくせに！」

「おい、それは初耳だぞ」

許せない！　絶対に許せない！

私は顔を歪《ゆが》めて怒り狂う。

「許すまじ、教会！　大司教！」

「うん、君が教会を恨んでいることはわかった。リュカのためにぜひ協力してくれ」

おのれ、エルフリーデめ！　大司教め！

私は怒りで震えていた。

しかしその震えが止まるくらい、力強く手を握り返されて私はふと我に返る。

「アナベル。いけません。あなたがむやみに動けば、私のように呪われるかもしれないんですよ？」

リュカ様は静かにそう諭す。

この人は自分の危機なのに、私のことを純粋に案じてくれていた。

「呪われたら、そのときはそのときです」

リュカ様の懸念はもっともなんだけれど、私が囮になる方が早く解決するのは間違いない。

呪われ上等だ。

けれど、リュカ様はそれを良しとしなかった。

「アナベル！」

「――っ！」

私はびっくりして目を見開く。

「あなたにこれ以上危険を押し付けるわけにはいきません。エルフリーデ嬢が犯人だとわかった今、後は私たちが解決します。ですからあなたは安全な場所で隠れていてください」

リュカ様は、頑として譲らない雰囲気だ。

私は真正面から反論する。

「何を言っているんですか⁉　私はリュカ様の呪いを解くって決めています！」

「頼んでいません！」

「頼まれていません‼」

「――っ！」

今度はリュカ様が呆気《あっけ》に取られて目を瞠《みは》る。

私は、まっすぐに彼の目を見て訴えかけた。

「いいですか？　エルフリーデ嬢は、舞踏会から戻ってすぐに私のことを調べ始めるでしょう。そして、焦るはずです。目障りな私のことを消さなきゃって。そうなると、どこに隠れようが彼女は私を狙います。安全な場所なんてこの世界のどこにもありませんよ？」

「ですが」

「ですがもへったくれもありません！　私はリュカ様と真実の愛を見つけるために求婚を受け入れましたが、呪いを解くこと自体が大きな目標だったはずです。つまり、呪いの鍵が王子様に変わったからといってここで『はいそうですか』ってならないんですよ！　私はリュカ様を助けるためなら何だってしてします！」

まったく引かない私を前に、リュカ様はますます苦悶の表情を浮かべる。

かわいくない婚約者だって思われてもいい。

私は、あなたの呪いを解くためにここにいるんだから。

絶対に譲らない。たとえそれが、優しいリュカ様の意向とは違っても……。

部屋にはとても重苦しい空気が流れていた。

彼は、何かにじっと耐えるように歯を食いしばり、しばらく無言だった。

「リュカ様……」

様子を窺《うかが》うように私がそう呼びかけると、ふいに顔を上げたリュカ様は苦しげに呟く。

「どうして聞き分けてくれないのです……！　私はあなたが大事だから……」

彼が泣きそうに顔を歪ませたのを見て、私は胸がずきりと痛む。

ところが次の瞬間。彼はこれまで見たことがないくらいギラギラした目で、薄ら笑いを浮かべて言った。

「ははっ、もういっそ今すぐカステリオ侯爵邸に乗り込んで無差別に殲滅《せんめつ》してやりましょうか……？　あぁ、教会本部に突入して聖職者なんて全員根絶やしにするのもいいかもしれない」

あ、リュカ様が闇に落ちた。

私は慌てて彼の頬を両手で挟み、至近距離で説得する。

「ダメですよ、ダメです！　リュカ様、戻って来てください～！　いつもの清廉潔白なリュカ様に戻ってください!!」

心が荒んでいるのは、私一人で十分なのに。

焦点の合っていない目を見つめ、必死で呼びかける。

「リュカ様、しっかりしてください！　あなたは聖騎士ですよ、正義の人です！」

「はははは……、正義って役に立ちますか？　あはははは……」

ひぃぃぃぃぃぃ！　リュカ様が絶対に言いそうにないことを口にした！

「お願いします、リュカ様はリュカ様でいてください～！」

懇願する私。

すると、ずっと黙っていたアーヴィスさんが、不謹慎にもぶはっと吹きだした。

「あはははは！　リュカがまさかこんな……ひぃっ、おかしい！」

「笑い事じゃないですよ」

「ごめんごめん……。あはははははは」

じとりとした目で睨《にら》むと、彼は目尻に浮かんだ涙を指で拭ってから言った。

「わかったよ、こっちもちゃんと対策を取るから。アナベル嬢には囮になってもらって、万全の態勢でエルフリーデ嬢を捕まえられるようにするから！」

「お願いしますよ？　リュカ様は優しい人なんで、その気持ちを無下にしないように私を守ってくださいね？」

「んー、リュカのは優しさって言うか……。まぁ、そのへんは本人の口からきちんと聞いてよ」

「はぁ？」

目の前にいるのが王族お抱え魔法師だということも忘れ、私は容赦なく睨む。

彼は無礼を咎《とが》めることはなく、準備があると言って部屋を出て行った。

フェリクス様は、無念だという表情で私に言った。

「すまない。己が招いたことにも拘わらず、リュカにもアナベル嬢にも迷惑をかける」

「迷惑だなんて、そんなっ！」

王族に直接頭を下げられるなんて。

私は焦って慌てて返事をする。

「うまくいったらリュカ様にご褒美ください」

「……ははっ、君はとても正直で豪胆だな。わかった、王族に二言はない。リュカに褒美をやる」

「ありがとうございます‼」

よし、作戦はきっと頭のいい人が考えてくれるはず。

今の私にできることは、今日の疲れを癒すだけだ。

「それでは、失礼いたします。リュカ様、帰りましょう？」

立ち上がってそう告げると、彼は無言で私の手を取る。

「リュカ様？」

「……いえ、帰りましょう」

「はい。ってええ⁉」

勢いよく立ち上がったリュカ様は、なぜか私を横抱きにしてスタスタと扉の方へ歩いていく。

「なんでですか！　私は自分で歩けますよ⁉」

必死で暴れるも、さすがは聖騎士。びくともしない。

「このまま馬車まで運びます。何かあるといけませんから」

「何かって何⁉」

さすがに今夜はまだ安全でしょう⁉

お城で真正面から襲われるなんてこと、あってはならないことですよね⁉

一体、リュカ様はどうしちゃったの⁉

私の抵抗など、鍛え上げられた聖騎士にはまったく無意味だった。

リュカ様は私を横抱きにしたまま、本当に馬車まで歩いていってしまった。

馬車に乗り込んだ私たちは、御者が扉を閉めるとすぐに出発した。

ルグラン家の馬車は、特に検《あらた》められることもなく城門を通過する。

「あの、リュカ様」

「はい、なんでしょう」

その声色は、いつも通りに思える。

少しは冷静さを取り戻したかのように感じたのだが……。

「一人で座らせてください」

「ダメです」

彼は、馬車に乗り込んでからも私を膝の上に抱えたまま。

まるで逃亡を恐れているかのような、もしくは外敵を警戒しているかのような……。

どっちもだろうか？　と、私は感じ取る。

この状態はドキドキするより、なぜこんなことになっているのかと混乱する気持ちの方が強い。

「逃げませんし、まだ襲われることはないと思いますよ？」

困った顔でそう訴えるも、笑顔で否定されてしまう。

「いえ、何事も絶対はありません」

それはそうですが。

「……………リュカ様、怒っています？」

表情は柔らかで口調も優しいんだけれど、どこか違和感はある。

内なる怒りのようなものがひしひしと伝わってくる。

「私が役立たずのくせに偉そうに反論したからですか？　それとも、勝手に囮になろうとしたからですか？　まさか貧乳だからですか？」

「ひん……、胸のことは今まったく関係ないでしょう」

「冗談です」

じっと見つめると、彼は少し気まずそうに目を伏せた。

もしかすると、自分でも自分の感情がよくわからないのかもしれない。

ガタゴトと揺れる馬車の中、私は抵抗を諦めてくたりとリュカ様の胸に頭を寄せた。

私を抱いていた腕の力が少しだけ強まり、大事にされているように感じてしまう。

こんな風にされると、リュカ様から離れられなくなりそうで困るなぁ。

守ってもらえる、か弱い女の子の気分になってしまいそう。守られるだけの役立たずには、なりたくないのに。

「真実の愛を見つけないといけないのは、王子様の方だったんですね」

自然とそんなことが、口から漏れる。

「…………話すのが遅れて申し訳ありません」

こうなると、私がリュカ様のそばにいる理由はない。

エルフリーデ嬢を捕まえて呪いを解いたら、リュカ様との結婚話はなくなるだろう。

聖騎士で上流階級のご嫡男であるリュカ様は、身分が釣り合う優しいお嬢さんと結婚して、今度こそ幸せになるのが正しい人生だ。

そこに、私の居場所はない。

私がリュカ様を見守れるのは呪いが解けるまでで、その先は別々の人生が待っている。

もともと夢物語みたいな結婚話だったんだから、「そりゃそうだろう」と思うばかりで、大きな動揺はない。

胸の痛みは、いずれ消える。虚しさや喪失感も、きっと慣れる。

うん、大丈夫。たとえ今だけの婚約生活でも、リュカ様が健康に長生きしてくれればそれで十分じゃない？ 呪いが解けて彼が助かれば、それでいい。

私はどこでだって、生きていける。

自分を無理やり納得させて、自嘲めいた笑みを浮かべた。

すると、しばらく無言でいたリュカ様が口を開いた。

「アナベル、あなたは私の呪いが解けたらいなくなるつもりですか？」

低い声。いつになく怒気を含んだその声音に、反射的にびくりと肩が揺れる。

私を抱く腕の力がぎゅっと強くなったことに驚いて顔を上げると、そこには悲しげに目を眇《すが》めたご尊顔があった。

「リュカ様？」

「ずっと私のそばにいてください」

都合のいい言葉が聞こえて、思わず空耳じゃないかと疑った。

けれど目を瞬かせるのと同時に、唇に柔らかなものが触れたことに気づく。

「――っ⁉」

顎に添えられたリュカ様の指。

キスをされたことが理解できるまで、たっぷりと数秒はかかった。

眼前には、柔らかそうな金色の髪。

視界が遮られている分、唇に何度も触れる感触が一層現実味を帯びてくる。

「んん」

キスは、唇をくっつけたらすぐに離すのだと思っていた。

想像とは違い、角度を変えては何度も口付けられ、だんだんと苦しさを感じ始める。

「っ、ぷはっ、……リュカ様、待っ……」

息が続かずいったん逃げるように顔を逸らすも、すぐにまた唇を押し当てられた。

頭が真っ白になりながらも、真っ先に思ったことは――

ときめきすぎて死ぬ。

鼻で息をすればいいのにそんなことが頭になかった私は、酸欠になり必死でリュカ様の胸をどんどんと叩《たた》いた。

「んん――――！！！」

本気の焦りが伝わったらしく、リュカ様は私を解放すると心配そうに尋ねてきた。

「アナベル、大丈夫ですか？」

「はぁ……はぁ……、死ぬ……」

涙目で見上げると、美しく整った顔立ちの背後に相変わらず黒いモヤがふわふわしていて我に返った。

「キスしても、呪いは、解けないのに、なんで？」

真実の愛を見つけてキスしないといけないのは、フェリクス様なのに。

ぜーぜー、はーはーと荒い呼吸を繰り返しながらそう言うと、リュカ様は淡々と答えた。

「したいと思ったからです」

「はぁ……」

それは一体どういう？　もしかして以前私が「とりあえずしてみますか？」って聞いたから？

まさか呪いで幻覚症状が出たとか興奮状態に陥ったとか、何らかの症状が⁉

「違いますからね？　とりあえずしてみたわけでも、呪いでどうにかなったわけでもありません」

「なんで私の考えていることがわかったんですか⁉」

にこっと微笑むリュカ様。

私は心を読まれた驚きで、ぎょっと目を見開く。

「あなたはわかりやすいですから。それに、愛する人の考えることがこの距離にいてわからないなんて淋《さび》しいと思いませんか？」

「まぁ、表情とか声とかに思考って出ますからね……って、リュカ様、今なんて言いました？」

また空耳か！　と顔を顰《しか》めると、リュカ様は熱の籠《こも》った目で私を見た。

「アナベルを愛しています。私は自分でも気づかぬうちに、あなたを好きになっていたようです」

「好き……？」

言葉の意味はわかるけれど、信じがたい。

そんなに幸せなことってある？　この人が、私を好き？

呆然《ぼうぜん》として何も言えなくなってしまう。そんな私にリュカ様は、説得するように想いをぶつける。

「呪いが解けても、そばにいてください。あなたへの気持ちこそが真実の愛だと確信しました」

「うわぁ」

驚きすぎて、思わず間抜けな声が漏れた。

けれどリュカ様は、じっと私を見つめたまま愛おしいという感情を目で伝えてくる。

一体、この心が荒んだ私のどこを好きになったというのだろう。口は悪いし、ダンスもうまくないし、性格は荒っぽいし、胸はないし……。

むぅっと考え込んでいると、リュカ様は不満げに言った。

「信じてもらえないのですか？」

「い、いえ、そういうわけでは……。ちょっと意外だったといいますか、現在私は激しく混乱しています」

そう、混乱している。

都合のいい夢じゃないかって気もする。

「あなたに気持ちを伝えるかどうか、正直に言えばとても悩みました。呪いが解けなかった場合、私はいつまで生きられるかわからないのですから。今日明日は元気でいられても、あさってでも健康かどうかは誰にもわからない」

「それは……」

呪いが心身を蝕む速度は一定じゃない。

今日元気でも、明日の朝には身体が石のように固まってベッドから起き上がれなくなっている可能性すらある。

リュカ様がそんなことになるなんて考えたくもないけれど、十分にあり得ることだった。

「けれど、あなたを手放したくないと思いました。呪いが解けても解けなくても、そばにいてもらいたいと……。いえ、あなたがいてくれるからこそ絶対に呪いを解きたいと思うのです」

役立たずで売られそうになっていた私が、まさかこんなに素敵な人に好きだと思ってもらえるなんて。

そばにいてもらいたいと、言ってもらえるなんて。

「今はしてもらうばかりですが、呪いを解いて一生あなたを幸せにしたい」

「そんな……。何もかも、してもらってばかりなのは私の方です」

「そう思ってくれるなら、私を捨てないでくださいね？」

「捨て……!?」

リュカ様の意地悪い顔なんて初めて見た。もしかして私をからかっておもしろがっている？

まじめで清らかなリュカ様が……!!

ますます混乱して苦悩していると、彼はくすりと笑って再びチュッと軽くキスをした。

「悩んでいる姿もかわいいですよ」

「リュカ様、性格《キャラ》変わってません？」

「どうでしょう？　私は色事には興味が薄く消極的な方だと思っていましたが、どうやらそうでもないのかもしれませんね」

「ええええええ」

またもや間抜けな声を放った私は、混乱がピークに達し、両手で顔を覆って彼の胸に寄りかかる。

呪いはまだ解けていないのに、こんなにふわふわした気分になっていいのか。

あぁ、でもリュカ様が幸せそうだからまぁいいか……。

無言の時間が続き、次第に混乱が収まってきた私は改めて決意をする。

エルフリーデ嬢を絶対に早く始末しよう、と。

この幸せを手放すまいと意気込むのだった。

【第五章】　聖女は悪を許しません

舞踏会の翌朝、私はリュカ様と一緒に城へ上がった。

聖女の法衣でもドレスでもなく、真っ白いシャツにベスト、トラウザーズという少年みたいな姿で。

長い髪は後ろで一つに結び、遠目から見れば十代の侍従見習いにしか見えないだろう。

胸部をいくらか締めつけているとはいえ、心外なほど少年に見える。

なぜこんなことになっているのかというと、昨夜からリュカ様の心配性が爆発してしまったからだった。

リュカ様は自分の執務室を持つ隊長クラスの聖騎士なので、私はそこで彼のそばから離れないように厳命されている。

「あの～、いくら何でもここまで警戒しなくても」

お邸《やしき》から一歩も出ないということで、よかったのでは？

私は男装のままお守りづくりをして、何やら報告書を読んでいるリュカ様に声をかけた。

「アナベルは、私のそばにいるのは嫌ですか？」

「うっ、そういうわけじゃなくて」

麗しい笑み。優しい口調。

私はリュカ様の全部に弱い。

「邸の警備も完璧ではありません。聖騎士の多いこちらの方が邸より安全度が高いですからね」

「それは、わかりますけれど」

私は囮《おとり》になると言った。

やる気満々である。

それなのに、ガードを固めてどうするの。

リュカ様は私の不満を全部わかっていて、それでもなおこうしている。

「フェリクス様とアーヴィス殿の作戦が決まるまで、おとなしくしていてください」

笑顔なのに圧がスゴイ。

私は困ってしまって曖昧な笑みで濁した。

するとここで、オーレリアンさんが本や書類を抱えて部屋に入ってくる。

「暇ならこれを読んでいろ」

——ドサッ。

お守りづくりがあるから、暇じゃないんだけれど。

そう思いつつも何の本を持ってきたのかとテーブルの上の山に目を向ける。

「聖騎士団に代々伝わる書物だ」

「え、そんなものを持ち出していいんですか？」

部外者の私が見ていいものではないはず。

けれど彼は淡々と説明した。

「殿下が許可なさった。それにリュカ様も、だ。字が読めるのと理解できるのは別だから、のら聖女のおまえが見たところで大した問題にはならん」

「のら聖女って」

のらネコみたいに。

けれど、よく考えたら教会の所属からは外れているのに正式に結婚したわけでもない私は、確かにのら聖女だった。

「うまいこと言いますね、オーレリアンさん」

「……納得するなよ」

「間違ってはいないですから」

「プライドはないのか」

「そんなものはお金になりませんので」

ちょっと哀れみの目を向けられた。

私はそんなにおかしなことを言っただろうか?

きょとんとしていると、オーレリアンさんに向かってリュカ様が絶対零度のオーラで鋭い目を向けた。

「アナベルは私の婚約者だと言ったはずだが……?」

温厚なリュカ様に睨《にら》まれ、オーレリアンさんは瞬く間に謝罪した。

「申し訳ございません！」

気のせいか、リュカ様の背後の黒いモヤがわさわさと揺れている気がする。

怒りに反応してその闇を深めているのかもしれない。

私は慌ててリュカ様を宥《なだ》めた。

「リュカ様ぁぁ！　今のはオーレリアンさんのジョークですよ！　私を励まそうとしている、あの、これは下町ジョークです！」

「下町ジョーク、ですか？」

「はい！　そうですよね？　オーレリアンさん！」

——ゴスッ！

「んごふっ⁉」

私はオーレリアンさんの脇腹を思いっきり殴り、話を合わせろと目くばせした。彼は小さく呻《うめ》き、そしてコクコクと何度も頷《うなず》く。

「冗談とは、いえ、ゴホッ……戯れが、過ぎました……。も、申し訳ございません」

ちょっと強く殴り過ぎたらしい。

オーレリアンさんは生粋の文官タイプだから、聖騎士のリュカ様と違って全体的に薄いしヒョロッとしているからもう少し力加減を抑えないといけなかったのかも。

私は渾身《こんしん》の笑顔で、オーレリアンさんに話しかける。

「実はとても仲良しなんですよね！　私たち！」（やんのか？　のら聖女なめんなよ）

「ソウデスネ！」

拳を交えると友情が芽生えるっていうのは本当なのね！　交えていないけれど。

リュカ様は半信半疑な様子だけれど、それ以上は何も言わなかった。

私もすぐに椅子に戻り、聖騎士団に代々伝わる書物とやらを一つ一つ手に取って確認していく。

「聖紋と聖武具の関係……、神聖力の向上と筋肉の相互検証、なんじゃこりゃ」

意味はわからないけれど、書物の大半は聖騎士として強くなるための方法を書き記したものらしい。

呪いを解くきっかけになれば……というつもりでフェリクス様は私にこれを読ませようと思ったんだろうけれど、作者が脳筋なようで役立ちそうなものはなかった。

「でもこれだけあれば、何かヒントくらいはあるかなぁ」

武具を強くすることで、呪いを一時的に防げるかもしれないし。

私は黙ってそれらを読破することに決めた。

「アナベル、適度に休憩を取ってくださいね？」

何年も休んでいなかった人が、休憩を勧めてくる。

しかも、呪われているのに仕事をしている人が。

「リュカ様こそ」

ふっと笑ってそう言えば、彼もまたふわりと柔らかに笑った。

今日もリュカ様は清らかで美しい。

微笑み合っていると、聖騎士団の制服を着た文官が続き間から顔を出した。

「リュカ様、お時間でございます」

「わかった」

彼はこれから、フェリクス様と一緒に教会へ行くそうだ。

エルフリーデ嬢のこと、そして大司教が絡んでいるかもしれないことを、トップの教皇様に話して恩を売る……いや、お伺いを立てるのだ。

教皇様は王都の大神殿にいて、私もお会いしたことはない。

教会のトップに君臨する神聖力がとんでもなく強い人だけれど、教皇様は天災や悪意から国を守る結界を張る役目を代々担っているため、今の教会が拝金主義に染まっていることは多分知らない。

教会内部の権力図にその名前はなく、お飾りに近い存在なのだ。

ただし、教皇様が大司教を罷免だと言えばそれは実現するから、完全なお飾りとも言えないわけで。

フェリクス様は王族権限を使い、教皇様に直談判して大司教を解任するつもりなんだろう。

「私、本当に一緒に行かなくていいんですか？」

リュカ様が倒れたら、とちょっと心配である。

けれど彼は、私の神聖力が復活したことを教皇様に知られたら「戻って来い」と言われるのではと案じていた。

「アナベルはここにいてください。私はあなたを手放したくないのです」

改めてそう告げられると、ちょっとドキリとしてしまう。

昨日あれだけキスしたのに、こんな言葉くらいで頬が熱くなるなんてどうかしている。

「アナベル？」

「はいっ！　ここで待っています！」

リュカ様の一挙一動に動揺する自分は、私らしくないと思った。

けれど胸の奥がざわざわして、意味もなく叫びそうになって、平常心が保てない。

動揺する私を見てぷっと噴き出したリュカ様は、うれしそうに目を細めて言った。

「それでは、いってきます」

「い、いってらっしゃいませ」

気の利いたことも言えず、ただ手を小さく振ってお見送りするしかできない。

リュカ様は、漆黒のモヤを背負っているのに爽やかに出て行った。

残された私は、書類を整理するオーレリアンさんに尋ねる。

「世間一般には、呪われている婚約者をお見送りするときってどういう言葉をかけるのが正解なの？」

どうかご無事で？　でもそんなこと言ったら、不安を煽《あお》るような気がする。

本棚に向かっていたオーレリアンさんは、振り返ってそっけなく答えた。

「世間一般には、婚約者は呪われていない」

ごもっともだった。

「でもそういうことじゃないのよぉぉぉ！　気の利かない男ですね!!」

「おまえもなぁ！」

「本当にそうですよね⁉　一緒に『気の利く人間になる方法』っていう本読みません⁉」

「私を巻き込むな！」

現状を嘆いても仕方がない。

私はとにかく、目の前にある書物を読破することに専念した。


書物を読み漁ること小一時間。

険しい顔つきの私のすぐそばに、コトリと軽い音を立てて銀製のカップが置かれて顔を上げる。

「…………これは？」

毒殺するなら、銀製じゃないものに入れなくちゃ。

そんな心の声を察したオーレリアンさんは、ふいっと目を逸らして自分の椅子に座る。

「私のために紅茶を淹《い》れてくれるなんて」

リュカ様がいるならともかく、いないのにわざわざお茶を淹れてくれるなんて。驚いて彼を見つめると、とても悔しそうに返事が寄越された。

「仕方ないだろう。すべては、主のためだ」

「へぇ」

またどんな心境の変化があったのやら？

私はありがたくお茶をいただきつつも、じっとオーレリアンさんを見つめる。

すると、不貞腐れたようにぶすっとした彼がぽつりぽつりと口を開いた。

「リュカ様の態度を見ればわかる。どれほど、おまえを必要としているか。真実の愛なんてバカバカしいと思っていたが、あれほどに和らいだお顔をされるのは初めて見た」

どうやら、さっきのことを言ってるらしい。

リュカ様の態度から、気持ちの変化を感じ取り、主が本当に好きな人とそばに置くのなら、と私のことを認めてくれたってことか。

これまでのオーレリアンさんの態度は、主の婚約者に対してって考えると褒められたものじゃないけれど、彼は彼なりに葛藤があったのだろう。

漠然とそんなことを思う。

「ふふっ、本当にリュカ様のことが大好きなんですね」

ついそんな感想が漏れる。

オーレリアンさんは指摘されたことが恥ずかしいのか、ちょっと不満げな顔で言った。

「私には、あの方しかいない。聖騎士になれず、自分にはもう未来はないと燻《くすぶ》っていたときにリュカ様が手を差し伸べてくださったんだ」

オーレリアンさんによると、伯爵家の三男として生まれ育った彼は、「武力こそすべて！」の教育方針のもと厳しい日々を送っていたそうだ。

けれど、多少の神聖力があったところで、エリート中のエリートである聖騎士にはなれない。兄二人と比べ、格段に才能がないと自覚があったものの、いざ聖騎士になれないと現実を突きつけられたのはかなりショックだったという。

「私は、リュカ様のためになるならと学問に励んできた。公私ともに、お支えできるよう必死で勉強した。それなのに、本当に主が危機に陥ったとき、救えるのは私ではなかった」

彼は淡々とそう話すけれど、そこにある絶望や悲しみはひしひしと伝わってきた。

努力して、必死に足掻《あが》いてここまでやってきたのに、突然やってきたのは役立たずな聖女で、さぞ腹が立ったことだろうな。

「ただの八つ当たりだった。その……、許されるとは思っていないが、すまなかった……」

「オーレリアンさん」

私としては、お上品で優しい人たちに囲まれているのは、幸せでもありストレスでもあった。だから、オーレリアンさんとの小競り合いというか口喧嘩《くちげんか》というか、ああいうのはちょっとした気分転換になっていたから謝ってほしいとは思っていない。

でも、彼は自分の行いを顧みて、自分で気づいた。

こういう人だから、リュカ様はこの人をそばに置いているのかもしれない。

私はにこりと笑って、彼の謝罪を受け入れた。

「これからは、一緒にリュカ様を支えましょう。私の方が新参者なので、先輩として色々と教えてください」

そう告げると、オーレリアンさんも柔らかな笑みを浮かべる。

しかし、すぐにまた、書物に目を落とし苦悶《くもん》の表情に変わった。

「私も、役に立てればいいのだが……！」

役に立てないことで苦しい気持ちになるのは、私にもよくわかる。リュカ様を助けたい、その想いはオーレリアンさんだって強いのだから。

思いつめたような顔をするオーレリアンさんを見ていると、励ましてあげたくなってきた。

でも残念ながら、気の利いた言葉を知らない私はこういうときにどう励ませばいいかわからない。

「はぁ……、法律も、兵法も、ケガの応急処置や魔法道具の成り立ちもあらゆる知識を身に付けたはずなのに、何の役にも立てないとは。くっ……！　私の今までの努力は、一体何だったんだ」

あぁっ、オーレリアンさんがかわいそうなくらい自分を責めている！

どうしようかと思ったけれど、私は散々悩んだ後、そろりと席を立って彼に近づく。

悩みとか苦しみって、共感が大事っていうもんね？

共感して、私にも痛みがわかるって慰めれば気休めになるよね？

リュカ様と比べると細いオーレリアンさんの肩にポンッと手を置き、私はできるだけ優しく見えるよう意識して微笑みかける。

わかる、わかりますよ。私にもその気持ち。

そう目で伝えつつ、今言える最大級の励ましの言葉を口にした。

「オーレリアンさん。世の中って、そんなもんですよ」

「…………」

あ、これは完全に間違えた。

オーレリアンさんの目が、すっと眇《すが》められる。

小刻みに震え出したのは、怒りに震えているのかも……。

私はそそと下がり、またさっきまでいた席に戻っておとなしくお茶を飲む。

いや～、難しいわね！　人を励ますって難しい！

しばらくの無言の後、低い声がボソッと聞こえてきた。

「リュカ様はなぜ、こんな女を……！」

ですよね。

私もそう思います。

その答えは出ないまま、私たちはそれぞれの仕事に没頭した。

◆◆◆

——ピチャン……、ピチャン……。

冷たく硬い床に、水滴が落ちる音。ひんやりとした空気が頬を刺す。

何だか身体《からだ》が重い。

眠っていた私は、まるで深い水の中から浮上するように意識を取り戻した。

「はっ」

黒ずんだ石の壁に、鉄格子付きの窓。

それらが横向きに見えるのは、自分が硬い石の床に寝ころんでいるからだと気づく。

「イタタタ……」

石の床に寝ていたせいで、左肩が痛い。

拘束具はないので、すぐに身体を起こすことができた。

埃《ほこり》が少しだけついた肩を手ではらい、床に座って現状を把握しようと思考を巡らせる。

「どこよ、ここ」

記憶をたどると、誘拐されたのだとすぐに気づいた。

私は、正午の少し前にリュカ様の執務室から食堂へ向かった。

オーレリアンさんも一緒だった。

ほかの聖騎士さんたちも同じテーブルでお昼ご飯を食べて、そこまでは何もなかった。

食堂から出てお手洗いへ行くとき、男装している私は男性用と女性用のどちらを使えばいいのかとオーレリアンさんに聞いたのだ。

二人して悩んだあげく、やはり女性だから女性用じゃないと……ということで、一人で手洗いへ入った。それで、手洗いから出てきたらオーレリアンさんがいなくて、慌てたんだっけ。

キョロキョロして廊下をさまよっていると、怪しげな巨大な袋を運ぶ男性たちに出会った。オーレリアンさんがその袋に入れられて誘拐されていることに気づき、私は急いで彼らの後を追った。

裏口まで追いかけたところで、食糧を納品する馬車に怪しげな男たちが乗り込んだのを目撃して、そこから記憶がない。

背中にびりっとした痛みを感じて、それで意識を失ったんだ。

あれは、魔法道具を使われたんだろうな。

「ん？」

広い石造りの牢屋《ろうや》。端っこには、大きな白い袋が置いてあった。見覚えがあるそれは、男たちが担いでいた袋だ。

これは、もしかしなくても……。

「なんで誘拐なんてされてるんですか、オーレリアンさん」

自分のことは棚に上げ、呆《あき》れた声を上げる。

そして袋の口を開け、中で気絶していたオーレリアンさんの頬を軽く叩《たた》いて起こした。

「起きてー、起きてー」

――ペチペチペチペチペチペチペチペチペチペチペチ。

「痛いっ！」

カッと目を見開いた彼は、苛立ちを露わにして私を睨む。

起こしてあげたのに怒られる筋合いはない。

「身体がだるい」

こめかみを手で押さえ、苦しげな顔をするオーレリアンさん。頭痛がするようで、しかも体全体にだるさが残っていると話す。

「何か薬でも盛られたんですかね？　あ、もしかしてデザート？」

食堂で、頼んでもいないのに「おまけです」ってパイが出たのだ。

同世代のかわいい女の子が持ってきてくれたから、私はつい笑顔で受け取ってしまった。

でも、見るからに甘そうなそれを前にして、「ちょっとこれは私には無理そうだな」と思ったので、オーレリアンさんに代わりに食べてもらった。

「甘いもの苦手なんですよね、私」

好意でくれたと思ったから、食べないわけにはいかない。あげたというか無理やり食べさせたんだけれど、まさかパイに薬が入っていようとは。

「眠り薬でも入っていたんだろうな。おまえが手洗いから出てくるのを待っていたら、だんだん頭が重くなってきて意識が飛んだ。その結果、このザマだ」

「代わりにすみません」

あの男たちは、眠らせた私をここへ運んでくるはずだったのかな。

さぞ困っただろう、オーレリアンさんが眠ってしまって。

「薬の副作用で頭痛がするんでしょうかね？　神聖力で薬の効果は消せないし、私にできることはありません」

お手上げです。と苦笑いすると、オーレリアンさんは小さくため息をつく。

「わかっている。命にかかわるような薬ではないだろうから、これくらい我慢する。が、なぜおまえはこうして牢にいる？」

「誘拐現場を目撃しまして、この通りです」

えへへと笑って答えると、なんとも残念な子を見る目を向けられた。

私は話題を変えるため、牢の中を見回す。

武器になりそうなものは当然なくて、ただ殺風景なだけ。

水が入った桶《おけ》があるのは、飲用水だろうか。埃が浮いているから飲む気にはなれないけれど、私たちの扱いはこれでいいと？

えらく歓迎されたものだ、と呆れ返る。

「ま、誘拐されたってことは、エルフリーデ嬢がひっかかってくれたってことでしょうか」

私を亡き者にしようとしている？

生け捕りにしたのは、呪いをかけた罪を被せようとか、あるいは単純に苦しめたいとかそういうことかしらね？

明り取りの窓にジャンプして手を伸ばし、鉄格子を摑《つか》んで外を見ようとすると、オーレリアンさんに「やめておけ」と冷たく言われた。

「仮にも女がそんな粗野なことをするな。落ちてケガしたらどうする」

「神聖力で治します」

「くっ……！　そういうことじゃないんだ、そういうことじゃ」

どうやらちょっとは心配してくれたらしい。

嫌味を言うわりに、実際に人が傷つくのはダメなんだな。反抗期か？

オーレリアンさんはだんだん頭痛が治まってきたようで、立ち上がると私のそばにやって来た。

「待っていればリュカ様が迎えに来てくださる。そのための指……輪はどうした⁉」

彼は私の左手を見て愕然《がくぜん》とした。

昨夜、リュカ様は魔法師特製の指輪を私にくれたのだ。神聖力を辿《たど》って居場所を知ることができるという、小さな赤い石の入った指輪を。

今現在、私の左手にはそれがない。

オーレリアンさんはそのことに気づいて慌てているんだろう。

「落ち着いてください。指輪は」

——ガシャンッ……！

突然、重い鉄の扉の錠が外れた音がする。

私とオーレリアンさんがパッとそちらを向くと、ギィと蝶番《ちょうつがい》が軋《きし》む音と共にゆっくりと扉が開いた。

いよいよエルフリーデ嬢のお出ましですか、と私は瞬時に覚悟を決める。

「待たせたな、アナベル」

「…………」

私は目を疑った。

入って来たのは、腹がでっぷりとせり出して脂ぎった男だったから。

いやいやいや、違う。

待っていない。

全然待っていない。

引き攣《つ》る頬。私はおもいきり顔を顰《しか》めて叫んだ。

「おまえかー!!」

ハロン・エルヴァスティ。

やってきたのは、神聖力がなくなった私をお買い上げするはずだった男だ。

「アナベル！　ようやく会えたのにその言い草はなんだ！」

「いやいやいや、ようやく会えたってなんでそう思えるの!?」

さも私が会いたがっていたかのような反応。なんで!?

目を丸くする私。

目を丸くするエルヴァスティ。

意味がわからない。

世の中で怖いものは、悪魔でも欲に塗《まみ》れた人間でもなく、話の通じない人間だ。まさか私が、好き好んでエルヴァスティに嫁ぐと思っていたとは、とんでもない誤解である。

何でこんな男と再会しなきゃいけないの？

苛立った私は、思わずチッと舌打ちした。

その隣で、オーレリアンさんが「誰だこいつ」っていう顔になっているので、私は簡単に説明する。

「この人はですね、神聖力がなくなった私をお買い上げする予定だった商人・エルヴァスティ男爵です」

「なるほど。教会が聖女を売り払っていた生き証人ですか」

「そんなようなものですね」

ところがエルヴァスティは、私の説明に反論する。

「人聞きの悪いことを言うな。神聖力がなくなってもはや若く美しいことだけが取り柄のおまえを、自分の妻にしてやろうと思っていた私の善意を愚弄するか⁉」

「はぁぁぁ⁉　善意⁉　お金と引き換えに私を教会から買おうとしていたくせに！」

「どこが悪い！　商品を買うのは商人の本能だ！　それを横から聖騎士なんかにかすめ取られ……！　結局買った相手が変わっただけだろう！」

「人聞きの悪いことを言わないでくれますか⁉　リュカ様は私を心から愛してくれています」

睨み合う私たち。

するとそこへ、誘拐の黒幕が登場した。

「エルヴァスティ。くだらない言い争いはやめて、さっさとこの子を連れて帰りなさいな。こちらの従者の男は私が始末しておきますから」

言葉とは裏腹に、涼やかできれいな声。

鮮やかな空色のドレスを着たエルフリーデ嬢だった。

「あなた……！」

「うふふ、思ったより元気そうね。この状況、わかってるの？」

優雅な笑みを浮かべ、堂々と私の前に現れた彼女を見て私は思った。

来てくれてよかった、と。

エルフリーデ嬢が私を誘拐してくれなければ、現行犯で捕まえることができないから。

よかった！　エルヴァスティだけだったらどうしようかと思っていたわ！

心の底から歓喜が湧きおこる。

「来てくれてありがとう！」

胸の前で両手を組み、感極まって礼を述べる私。

せっかく囮になったのに、本人に会えなかったらどうしようかと思ったわ！

エルフリーデ嬢はぎょっと目を見開き、一歩下がる。

「どうして喜んでいるのよ⁉」

そんなに怖がられても、ねぇ？　あなたのやっていることの方がよほど怖いからね？

エルヴァスティは私の態度に違和感を覚えつつも、勝ち誇ったように言った。

「はっ、女の身で何ができる？　見たところ追跡用の魔法道具も持っていないようだし、外部に連絡する手段はない。あの聖騎士が助けに来てくれるとでも？」

自分が優位に立っていると信じて疑わないこの人には悪いけれど、多分そろそろ聖騎士たちがなだれ込んでくるだろう。

私はにこっと微笑みかける。

「そうですよね、指輪とかネックレスをしていたら取り上げられるって思っていました」

「どういうことだ？」

眉根を寄せるエルヴァスティ。

エルフリーデ嬢も怪訝《けげん》な顔つきになる。

――ダダダダダ……。

そしてそれとほぼ同時に、上階から騒がしい足音と悲鳴や怒号が聴こえてきた。

「抵抗する者は斬る！　おとなしくしろ!!」

剣と剣がぶつかり合う高い音。

聖騎士たちが乗り込んできたとすぐにわかった。

「なぜここがわかった!?」

「どういうことですの!?」

慌てる二人。でも、私は教えてあげない。

オーレリアンさんがきょとんとしているので、私は彼にはこそっと耳打ちした。

「手につけていたら誘拐されたときに奪われるって思ったんですよ。だから、指輪はこっち」

自分の左足を指差すと、オーレリアンさんは「あぁ」と呟《つぶや》いて納得する。

小指サイズの指輪だったから、足の指に嵌《は》めることができた。さすがに靴は脱がさないかなと思って、着け替えておいたのだ。

「これだから誘拐初心者は……。だいたい、捕虜は全裸にして身体検査するのが常識なのに、油断してくれてよかったです」

「おまえは聖女じゃなかったのか?」

オーレリアンさんが、呆れて突っ込む。

救出を待つだけの私たちの前で、エルヴァスティは慌てて逃走しようと牢から出て行った。

一人残されたエルフリーデ嬢は、上階に護衛を置いて来てしまったんだろう。護衛がいたところで、残念ながら逃げることは不可能だろうけれど、想定外のことに立ち尽くしていた。

「そんな……!」

ぎりっと歯を食いしばるエルフリーデ嬢。

お嬢様が、慣れない犯罪に手を染めるからこういうことになるのだ。

「犯罪はプロに業務委託して、自分はお金だけ出すっていうのが基本なのに」

そう呟くと、オーレリアンさんが「だからおまえは一体どこ目線なんだ」と呆れていた。

さて、聖騎士たちがやってくる前に、私はやるべきことをやっておかなきゃいけない。

ここでしかできないことが、十分にあるからね?

私はそっとエルフリーデ嬢に近づき、その細い肩にポンッと手を置いた。

顔を寄せ、その耳元で優しく告げる。

「呪いの核の保管場所、吐いてもらいましょうか」

「ひっ……!」

あら、笑顔で尋ねたのに失礼ね。

化け物を見るかのような目をするなんて。

「素直に吐いた方が身のためですよ？」

リュカ様が来る前に、やばいことはやっておかなくては。

私はオーレリアンさんに見張りを頼み、エルフリーデ嬢と話し合い（？）をするのだった。

◆◆◆

フェリクス様率いる聖騎士団が乗り込んできて、約三十分後。

聖騎士たちに捕縛されたエルヴァスティは、拘束具をつけられて連行されていった。

そして、捕り物の主役だったエルフリーデ・カステリオ侯爵令嬢は、第二王子に呪いをかけようとした罪で捕縛された。

表向きの罪状は、リュカ様の婚約者《わたし》を誘拐した罪なのだが、取り調べは呪いのことがメインである。

私たちが監禁されていた場所は、エルフリーデ嬢の住むカステリオ侯爵邸の地下だった。

お粗末な誘拐劇だが、本人はいたって真剣に私を攫《さら》い、しかもバレないと思っていたらしい。

普通は侯爵邸にいきなり乗り込むことはないので、そこに驕《おご》りがあったのだろう。確かにどこか宿や別荘を借りるよりは、邸の方が安全だといえる。

「どの貴族邸にも地下牢ってあるんですか？」

「いえ、そういうわけでは。ちなみに、ルグラン侯《こう》爵邸《ちょ》にはありません」

誰よりも多くの見張りを薙《な》ぎ払い駆けつけてくれたリュカ様は、再会するなりその美しい顔を歪《ゆが》めて私を抱き締めてくれた。

自分が教会へ行っている間に私が攫われ、居ても立ってても居られなかったとリュカ様は言う。

「アナベル、ケガは？　本当に何もないですか？」

「大丈夫です。かすり傷一つありません」

「怖かったでしょう……！　攫われるなど」

「いいえ、リュカ様が絶対に来てくれるって信じていましたから」

逞《たくま》しい背に手を回し、胸に顔を埋《うず》めると幸せを感じた。

背後でガクガク震えている人が一名いるけれど、そんなの気にしない。

「暴行などはなかったと聞きましたが、オーレリアンがひどく怯《おび》えているのはなぜでしょうか？」

「誘拐されたのが怖かったのでは？　労ってあげてください」

世の中には知らない方がいいこともある。

「アナベル？　袖が濡《ぬ》れていますが、これは……」

「なんでしょうね？　すぐに乾くのでお気になさらず」

「そういえばエルフリーデ嬢は頭からずぶ濡れでしたが」

「転んで水桶を引っかけたんじゃないでしょうか？　うふふふふ」

言えない。

言ってはいけない。

エルフリーデ嬢の頭を掴んで水桶に突っ込んで、「呪いの核はどこかしら？」って問い詰めたことは。

目撃したオーレリアンさんが、私の所業にすっかり怯えているなんて言えない。

絶対に知られたくない私は、すぐに話題を変えた。

「それにしても、聖騎士が乗り込んできたことでエルフリーデ嬢がすぐに白状してくれて助かりました！　これでリュカ様の呪いが解けますね」

「はい。アーヴィス殿が核をすぐに発見してくれればいいのですが」

ちょうどこのタイミングで、アーヴィスさんが私たちの待つ庭へ戻ってきた。

その手には、手提げランプのような銀細工の箱を持っている。

そして、その中には――

「これが呪いの核ですか？」

リュカ様が、アーヴィスさんに尋ねた。

彼はにこりと笑って頷く。

「そのようだ。これを破壊すれば万事解決、のはずだよ」

青紫色の六角形の宝石は、漆黒のモヤをゆらゆらと放っている。

魅入られそうなほど美しいなんて、皮肉なものだ。

「やめて！　やめてぇぇぇ!!」

聖騎士に二人がかりで押さえられたエルフリーデ嬢が、発狂したかのように叫んで暴れはじめる。

呪いの核を壊されると、その代償がすべて彼女自身に降りかかるからだ。

美しい髪はぼさぼさで、舞踏会のときに見た穏やかでおとなしそうな彼女はどこにもいない。

「嫌！　嫌よ!!　私はフェリクス様のために……フェリクス様は私と結婚して幸せになるべきなのよ！」

エルフリーデ嬢は呪いの核を用意し、花祭りの日に下僕の男に壺《つぼ》を持って行かせた。

フェリクス様の代わりに護衛騎士が呪われたのは、彼女の計算通りだったらしい。

呪いが発動すれば、フェリクス様が教会を頼ると思った。

あとは呪いを解いた大司教様が、姪《めい》である自分との婚約をフェリクス様に迫るという計画で。

けれど、リュカ様が思いのほか心身健康で呪いに抵抗力があり、教会の手を借りずとも呪いを解こうとがんばってしまったのは計算外だったそうだ。

「愚かな」

彼女を蔑みの目で見降ろすフェリクス様は、今にも射殺せそうなほどに殺気を宿している。

幼い頃から一緒にいたリュカ様のことを、心の底から案じていたフェリクス様の恨みは深い。

そしてその背後には、項垂れた初老の男性がいた。

エルフリーデ嬢の父であるカステリオ侯爵だ。意外なことに、彼は何も知らなかった。

まさか自分の娘が呪いに手を染めているなんて、思いもよらなかったらしい。父親にとっては、エルフリーデ嬢は引っ込み思案でおとなしい娘だった。

人の命を軽んじるような娘だとは、今日の今日まで思っていなかったと涙していた。

侯爵は娘の仕出かしたことの大きさを実感し、遠縁の伯爵令息に爵位を譲り隠居すると申し出た。私に父親の記憶はほとんどないけれど、何とも言えない虚しさを感じる。

「普通のお嬢様をしていれば、王子様は無理でも誰かと幸せになれたのに」

ついそんな言葉が口から漏れた。

呪いなんかに手を出さなければ、安定した未来があったかもしれないのに。

エルフリーデ嬢に与えられる罰は、呪いの核を破壊してから決めるとフェリクス様は言う。核を破壊した時点で彼女が死んでしまう可能性もあるので、この後の状況を鑑みて対応を決めるのだ。

「金槌隊《かなづちたい》、やってくれ」

「「かしこまりました！」」

フェリクス様の掛け声で、やたらと屈強な男たちがずいっとアーヴィスさんの前に出る。

「あれは？」

隣に立つリュカ様に尋ねる。

聖騎士が金槌を持っているなんて、想像もしていなかったし初めて見た。

「あれも加護を宿した武器です。簡単に説明すると、何でも砕ける金槌ですね」

「何でも砕ける金槌」

聖騎士が神の加護を宿した武器を受け継いでいるのは知っていたけれど、まさか金槌とは。リュカ様の腰にある赤い宝石がついたかっこいい剣とはかなり見た目に差がある。

騎士なのに、金槌。いいのか、それで⁉

けれど呪いの核を砕くにはもってこいだった。

「いよいよ、呪いが解けるんですね……」

「はい」

リュカ様の手をそっと握ると、彼も握り返してくれた。

呪いの核が入った箱が地面に置かれると、彼らのうちの一人が手にしていた大きな金槌で勢いよくそれを叩き潰す。

――ガシャンッ‼

漆黒のモヤを放っていた宝石は、入れてあった箱ごと木っ端みじんに砕けた。

粉々になったそれらは、黒いモヤが空気に溶けるようにして立ち上り、あっという間に消えてしまう。

「消えた……？」

見入っていると、エルフリーデ嬢の叫び声が耳に入った。

「ぎゃぁぁぁぁ‼　あああああ‼」

「「――っ！」」

断末魔のような悲鳴。体中に痛みでも感じているのか、彼女は押さえていた聖騎士を振り払い、もがき苦しんでいる。

彼女の体からも真っ黒なモヤがシュウシュウと立ち上り、それを目にした聖騎士が「うっ」と顔を顰めて飛びのいた。

呪いの代償がエルフリーデ嬢を覆っていく。

「アナベル！　下がって」

リュカ様は私を庇《かば》い、自分の背に回した。

待って、あなたの背中にもめちゃくちゃモヤがありますけれど⁉　これじゃ、安全なのか危険なのかよくわかりませんよ⁉

しかしすぐにエルフリーデ嬢の悲鳴が聞こえなくなり、私はリュカ様の背後からひょいっと顔を出した。

「えっ！」

「これは……」

黒いモヤが消えてなくなった後、エルフリーデ嬢は地面に突っ伏していた。

聖騎士が恐る恐る近づくと、彼女はゆっくりと顔を上げる。

「ああ……あああああ」

真っ白い髪に、シワシワの手。顔も首も、体全体が老女のように変わってしまっている。

自分の変化に目を瞠《みは》ったエルフリーデ嬢は、受け入れられなかったようで失神した。

骨と皮、枝のように細い手足が地面に投げ出されている。

着ていたドレスはぶかぶかで、それがなおさら物悲しい。どう見ても痩せ細ったお婆さんだった。

「老化ですね。これが呪いの代償……」

「そのようですね」

リュカ様も、じっとエルフリーデ嬢を観察していた。

呪いの代償を目の当たりにして、辺りにいた聖騎士らは絶句している。

フェリクス様はしばらくの無言の後、大きく息を吐く。そして、こちらを見てはっと息を呑《の》んだ。

「おい、なぜだ」

リュカ様とフェリクス様は、顔を見合わせる。

私は隣に立つ婚約者の姿を見て、「あぁ」と苦悶の表情になった。

「なぜ呪いが解けていない！　呪いの核は消滅しただろぉぉぉ!?」

間違いなく、核は消滅した。

それなのに、リュカ様はまだ漆黒のモヤを背負ったままだった。

◆◆◆

窓の外には、無数の星が煌《きら》めく夜空が見える。

けれど、そんな美しい風景が何の慰めにもならないほど重苦しい空気が応接室には漂っていた。

ここはルグラン邸。

今後の対応を相談するために、私たちは邸へ戻ってきた。

深いブラウンの調度品や上質な家具が並ぶ応接室。リュカ様と私は並んで座り、正面にフェリクス様、右斜め前にはアーヴィスさんが座っている。

「リュカ様、体調に変化はありませんか？」

「ええ、今のところ変わりありません」

黒いモヤを背負ったままの彼は、私を安心させるために笑みを向けてくれる。

呪いの核を破壊したにもかかわらず、彼は未《いま》だ呪われたままだ。

なぜこんなことになっているのか。

フェリクス様は真剣な顔で口を開いた。

「実は午前中に教会本部へ向かったが、教皇様にはお会いできなかった。いや、会えたのは会えたんだがとても話ができる状況ではなかったんだ」

王族権限を発動し、フェリクス様らは教皇様に会いに行った。

強引に押し入るような形で目にしたのは、医師や聖職者に囲まれ、寝所で眠っている教皇様のお姿だったらしい。

「付き人によれば、二週間ほどまえに風邪を拗《こじ》らせてからずっとお休みになられていると。ときおり目を覚ましては食事や水分補給をするだけで、ここ数日は起き上がることすらままならない状態らしい」

教皇様は、お年といえばお年である。

風邪を拗らせて、というのはおかしなことではない。

ただしこのタイミングで？　と疑念は膨らむ。

「もしかして呪い、でしょうか？」

私はリュカ様に尋ねた。

彼は神妙な面持ちで頷く。

「おそらくは……。エルフリーデ嬢が持っていた呪いの核は、教皇様を呪ったものだったのでしょう。私の呪いが解けなかったのは、別の呪いの核があるからだと思います」

「ということは、教皇様の体調は次第に回復するかもしれませんね」

「ええ、そうなるでしょう」

現在、フェリクス様の侍従や聖騎士が教皇様の様子を確認しに行っている。何か変化があれば、すぐに連絡が来るそうだ。

「今朝早く、大司教はカステリオ侯爵邸へ密かに入っていたと報告があった。そのときに核を入れ替えたんだろう」

フェリクス様は「忌々しい」と呟き、小さく舌打ちする。

私は、呪いの核を破壊したときのエルフリーデ嬢を思い出していた。

「エルフリーデ嬢は、自分の持っていた核が入れ替えられたということを……？」

疑問を口にすると、フェリクス様が答えてくれた。

「知らなかっただろうな。彼女はあの瞬間、リュカの分の呪いが自分に返ってくると思っていた。叔父にいいように使われたんだろう」

姪は、王家と権力を手中にするための道具にしか過ぎなかったんだ。

呪いに手を染めたのはエルフリーデ嬢自身だけれど、自分だけでそこに思い至ったとは考えにくい。

アーヴィスさんは、嘆かわしいという呆れた気持ちを露わにしてため息をつく。この人は研究大好きタイプであって、権力争いは嫌っているように感じた。

「面倒なことをしてくれるよね、本当に。教皇様を呪って自分が教会のトップに就くと同時に、フェリクス様にエルフリーデ嬢を嫁がせて権力を己のものにするってえげつない強欲っぷりだ。聖職者なんて一掃した方がいいかもね〜」

「それは私も同感ですけれど」

「同感なんだ？　あぁ、君は売られかけたんだったね。どうせなら一緒に破壊活動にでも行く？」

なんていう魅力的なお誘い、とちょっと心が揺らぐけれど今はそれどころじゃない。

「今はリュカ様の呪いを解く方に集中したいです」

私の言葉に、フェリクス様は深く頷いて言った。

「大司教と取引をする。エルフリーデ嬢が老化したことは伏せ、姪のことを不問にする代わりに、彼女の身柄と呪いの核を交換しろと迫ろうと思う」

エルフリーデ嬢は失神してしまった。目覚めたときに正気かどうかはまだわからないものの、すでに罰は下ったと思う。とりあえず、あんな骨と皮の状態になってしまった人にさらなる罰を与える必要はなさそうだ。

彼女は若さよりも美貌よりも、かけがえのない未来そのものを失ってしまったのだから。

「叔父が姪を見捨てたら？」

「そのときは強制的に捕縛する」

フェリクス様からは強い意志を感じた。

けれど、そこに真っ向から反対したのはリュカ様だった。

「いけません、フェリクス様。もしも大司教が拒絶して家探しすることになり、核が見つからなければフェリクス様の名に傷がつきます」

こんなときまでリュカ様は冷静で。

自分の命がかかっているのに、主人の評判を気にかけるなんていい人過ぎるでしょう⁉

フェリクス様もすべて分かった上で強引な手を使おうとしていて、二人の意見はぶつかったまま平行線をたどる。

「だがこのままでは、リュカを助けられないだろう⁉　名に傷がつく程度でなんだと言うんだ！」

「あなた様には、何としても無事に即位していただかなくては国が乱れます！　聖騎士一人のために、あなた様が教会とやり合うのは絶対にいけません。まだ時間はあります、まずは教皇様の回復を待ってから話を通すべきです」

「そんな悠長なことを言っていられるか！　それに今すぐに核を手に入れられたとしても、リュカの心身に呪いが侵蝕《しんしょく》しすぎていたら命が危ういかもしれないんだぞ⁉」

フェリクス様の焦りはもっともだ。

呪いの核を破壊しても、絶対に助かるという保証はない。

かくいう私も焦っている。

あの金槌を借りて、大司教を襲撃に行きそうなくらいには焦っていた。

「リュカ様」

見上げると、彼はかすかに眉尻を下げて微笑む。

まだ元気だから時間はあるとその瞳は伝えてくるけれど、どう見ても背後にふわふわ揺れる黒いモヤは深刻だ。

ダメだ。こんな状態のまま、これ以上は放置できない。

「アナベル?」

「…………」

教会では役立たずになって売られかけたけれど、リュカ様の役には立ちたい。

この人だけは、私が助けなければ。

私を救ってくれた人だから。

唯一、私を好きになってくれた人だから。

私はリュカ様に微笑み返すと、その肩にもたれかかって目を伏せた。

「アナベル?」

「……すみません、疲れが出たみたいです」

そう言ってみれば、彼は慌てて私の肩に手を添えた。

「今すぐ休んでください！　すみません、誘拐されて間もないのに無理をさせてしまいました」

リュカ様はすぐにメイドのシェリーナを呼び、私を部屋まで連れて行くよう告げる。

疲れが出たなんて嘘《うそ》だから、ちょっと心苦しい。

「申し訳ありませんが、私はこれにて下がらせていただきます」

フェリクス様とアーヴィスさんにも断りを入れ、私は応接室を出た。


——パタン……。


静かな廊下。少しひやりとした空気が頬を撫《な》でる。

フェリクス様の護衛が数人いる以外は、いつも通りだった。

「アナベル様、薬湯をお持ちいたしましょう。あ、それよりも先に湯を使われますか？」

シェリーナは私を気遣い、あれこれ世話を焼こうとする。

そんな彼女に私は尋ねた。

「薬湯だけもらおうかな。あ、それよりも銀製の鍋とか大皿って厨房《ちゅうぼう》にあったりする？」

「え、あると思いますが……お料理でもなさるのですか？」

「ちょっとね？　料理といえば料理かしら」

素材は、禿《は》げた強欲なジジイだけれど。

にこっと微笑むと、シェリーナもつられて笑みを浮かべる。

「厨房に寄ってから、部屋に戻って着替えるわ。支度をお願いできるかしら」

「かしこまりました」

さぁ、どうしてくれようか。

私は頭の中でひそかに計画を立てながら歩いて行った。


夜も更けた頃、私は久しぶりに聖女の法衣を着て、ルグラン邸の外壁をよじ登っていた。

これを乗り越えたら、あとは湖岸までひたすら走って行って橋を渡ればいい。

大司教のいる教会支部へは、一時間ほどでつけるだろう。

「よっと」

こんなとき、胸がなくて身軽でよかったと思う。

ちょっと袖はこすってしまったけれど、破れるほどじゃないから大丈夫。

レンガ造りの外壁を跨《また》ぎ、飛び降りようと体勢を整えた。

「どこへ行くんですか？」

「――っ！」

ここから飛び降りるだけ、と下を見た私を待っていたのは聖騎士の隊服を着たリュカ様だった。

どうしてバレたんだろう。

笑顔で私を見上げるリュカ様は、多分ちょっと怒っている。

さすがにこの状況で「眠れないので散歩へ」なんてごまかせない。

「元気そうですね？」

「あはっ、あはははは……おかげさまで」

疲れが出たと言って部屋へ戻ったのに、こうして壁をよじ登っていることを突っ込まれもう笑うしかなかった。

どうしたものかと困っていると、彼はスッと私に向かって両腕を伸ばす。

「飛び降りるなんて危ないでしょう？　とりあえず、こっちへ来てください」

「ありがとうございます……」

確かにこのまま飛び降りたら、足の裏がめちゃめちゃ痛いだろうなとは思う。

私は諦めてリュカ様の腕につかまる。

ふわりと地面に下ろされ目線がいつもの位置に戻ったら、何となく気まずくて顔を上げられない。

「アナベル」

「はい、ごめんなさい。申し訳ございません」

潔く謝罪すると、リュカ様は私の顔を覗《のぞ》き込んできた。

「あなたが元気なことくらいわかっていましたよ。仮病を信じるほど純粋ではありません」

「気づいてたんですか⁉」

「当然です。部屋で休みたいのならば、仮病でもそうさせてあげたいと思ったから信じたふりをしただけです。それなのに、私を置いてどこへ行こうというのです？　それに、これは何ですか？」

「あぁっ！」

背中に紐《ひも》で括り付けていた銀製のフライパンをひょいっと取られる。

「こんなものを持ってどこへ？」

「えーっと、ちょっと大司教に秘密の面会をと思いまして」

銀製のフライパンは、神聖力を込められる。

神聖力で開く教会幹部しか知らない通路をこれで殴って開けて、大司教の部屋へ行こうと思っていたのだ。

リュカ様はフライパンを手に、私に言った。

「面会と夜襲は違いますよ」

知ってます。

私は慌てて否定した。

「襲うつもりはなくて、扉を開けるのに必要なんです。これで大司教を殴ったりはしません！（多分）」

「そうですか」

説明すると、リュカ様はあっさりとフライパンを返してくれた。

私は意表をつかれ、それを受け取ったまままきょとんとしてしまう。

「止めないんですか？　リュカ様なら、危ないことはダメって言うと思ったから勝手に出てきたんですが」

リュカ様は諦めたような顔をしていた。

「止めても行くのでしょう？　だったら、私も一緒に行くまでです」

「え！」

どうしよう。リュカ様が一緒だったら、エルフリーデ嬢のときみたいに無茶できない。

私の一瞬の戸惑いに気づいたリュカ様は、くすりと笑って言った。

「アナベル」

「はい」

「あなたは私の婚約者です。お忘れですか？」

「まさか！」

忘れていません、と私はぶんぶんと首を横に振った。

リュカ様はにっこり笑うと、私の右手を握る。

「こんな夜更けに婚約者が一人で出かけるなど、認めるわけにはいきません。たとえ、どんな理由があろうとも」

「まじめですね」

「まぁ、それは建前です。本当は、あなたと離れたくないだけかもしれませんよ」

「――っ⁉」

あまりの破壊力に、心臓に何かがズドンと刺さった音が聞こえた気がした。

これは反則でしょう⁉　ときめきすぎて殺される……！

左手で胸を押さえて苦しんでいると、リュカ様は急に真剣な声音で言った。

「私のために無茶しないでください。もしも手を汚す必要があるならば、そのときは私が自分で」

「いえいえいえいえいえ！　リュカ様にそんなことさせられませんっ！」

聖騎士に、しかも清らかなリュカ様に手を汚させるなんてできない！

私が慌てて否定すると、彼は少し悲しそうに目を細めた。

「一緒に、生きていくと言ったでしょう？　あなたにだけすべてを負わせて、のうのうと暮らすことはできません」

「リュカ様」

のうのうと暮らしてくださぃ〜！　何も知らず、幸せに暮らしてください！

汚れ仕事は全部私がやりますから!!

話し合いで解決しないことは明白で、私は困ってしまい顔を顰める。

するとリュカ様はそっと私の体を抱き寄せ、子どもに言い聞かせるような優しい声で囁《ささや》いた。

「私は聖騎士です。守られる側ではありません。あなたが何をやろうとしているかはわかりませんが、せめて目的を遂げるまでの道のりくらいは守らせてください」

「ううっ、困ります……」

そんな風に言われると、私が間違っているような気がしてくる。

決心が揺らぐ。この人のためなら悪魔にでも魂を売るつもりでいるのに、清らかな道に引き込まれそうになる。

怖い、恋って怖い。

「諦めてください。私はどうやら心が狭いらしいです。自分以外の男に会いに行くあなたを、みすみす行かせるなんてできません」

「相手が禿げたジジイでも？」

「禿げたジジイでも」

あ、リュカ様まで禿げたジジイって言っちゃった。

もしかして私の荒んだ心と口の悪さに引きずられた？

澄んだ瞳がまっすぐにこちらを向いていて、じっと見つめているとどうしようもなく好きという気持ちが込み上げてくる。

リュカ様は多分知らないだろうな。この短期間で、私がどれほど好きになってしまったか。

何を犠牲にしても、リュカ様に生きていて欲しいと思っていることを。

無性にぎゅっと抱き締めたくなり、キスがしたいと衝動的に思ってしまった。

恋愛スキルはないけれど、これだけ無言で見つめ合っていたらこれはもしやそういう雰囲気なのでは、とすら思い始める。

「……行きましょうか」

「え？」

けれどリュカ様は、不自然にも目を逸らす。

「キスしないんですか？」

「!?」

じぃっと見つめると、彼は返答に困り、眉を顰《ひそ》める。

もしかして、何か隠してる？

「リュカ様、ニンニク食べて息が臭うとか？」

「………………イキガニオイマス、スミマセン」

「わぁぁぁ！　そんな悲痛な顔で嘘つかないでください‼　ごめんなさい、私が悪かったです！」

この世の終わりみたいな顔で、明らかに嘘だとわかる嘘をつかなくても。

あぁ、理由がわかってしまう自分が悲しい。

「リュカ様、さては吐血しましたね」

呪いの影響が強くなっているんだろう。

キスをしたら、血の味がするのかも。

リュカ様は私に気づかれたくなくて、捨て身で嘘を……！

どれくらい吐血したんだろう。量は？　回数は？　私が言葉にする前に、彼は口を開いた。

「一度だけです」

彼は目を伏せ、悔しげに続ける。

「聖騎士として鍛えてきたのに、呪いなどに蝕《むしば》まれる己が不甲斐《ふがい》なく……！」

「何言ってるんですか、リュカ様のせいじゃないですよ！　あなたはもっと人のせいにすることを覚えた方がいいです！　実際、呪いなんてかける方が悪いんですから！」

おのれ大司教め！　リュカ様にこんなことを言わせるとは……！

「かくなる上は、殺《や》ってみせます」

「何をするつもりですか⁉」

リュカ様の前だから、とかわいこぶっている場合ではない。

私はたとえ婚約解消を言い渡されても、手を汚す覚悟を決めた。

「アナベル、さきほども言いましたが私は己のために一緒に行きます。あなたの出る幕がないよう、がんばるのは私です」

「……わかりました」

「では、行きますよ」

リュカ様は裏門の前に馬をつないでいた。完全に出かける準備ができていた。

私は観念してその手を取り、毛並みのいい馬に二人乗りして教会を目指す。フライパンは、落ちないように鞍《くら》にしっかり固定した。これは絶対に必要だから……。

頰を撫でる夜風は少しだけひんやりとしていて、背中に感じるリュカ様の温もりを余計に感じてしまった。揺れのせいにしてどさくさに紛れて身を寄せると、ずっとこうしていたいと思うくらいに心地いい。

「一緒にがんばりましょう、夜這《よば》い」

「アナベル、夜這いはかなり意味が違ってきます」

「あれ、そうですね。間違えました、夜襲です」

「それもどうかと思いますが、ほかに表現がないので仕方ないですね」

それからわずか十五分後、教会の近くに到着した。

【第六章】 夜襲はお静かに

しんと静まり返った教会は、死者が闊歩《かっぽ》していそうなくらい不気味である。

実際に何人か歩いていたので「あ、こんばんは」と挨拶をして通り過ぎたんだけれど。

「リュカ様、人気者ですね。ちょっと妬けます」

呪いの影響で、リュカ様に引き寄せられた霊たちが続々と姿を見せている。

病で亡くなった聖女や神官、共同墓地に埋葬された平民の霊など、害はないけれど今は遠慮してほしい。

「うれしくないですね……。でも死霊にならら好意を寄せられてもややこしいことにはならないという点では、生きているご令嬢よりはいいのかもしれません」

「これまで一体どんなややこしい相手から好意を寄せられてきたんですか？　後で教えてくださいね？」

まさかのカミングアウトに気がそれそうになるも、今は大司教の部屋へ忍び込むことを優先した。

やって来たのは、礼拝堂の裏にある小屋。古い見張り小屋のように見えるこの建物は、実は緊急脱出用の出口になっている。

扉は神聖力で開くことができ、手を翳《かざ》しただけで中に入れた。

「問題はここなんですよね」

小屋の中央にあるラグを二人がかりで端へ寄せ、床下収納庫にしか見えない隠し扉を開ける。そして、ランプを手にぼろい階段を下りて行くと、石と土壁の通路が現れた。

「炭鉱みたいですね」

リュカ様が地下通路を見てそう呟《つぶや》く。

「昔は石灰石が採れたらしいです。本当かどうかはわかりませんが」

「この先を行けば、大司教の部屋へ通じているのですか？」

「はい。大司教と神官長、それに財務長といった上層部の私室につながる道に分かれています。食糧庫にもつながっているので、昔はよくそこへこっそり入って芋をもらっていました」

まっすぐ歩いて行くと、巨大な鉄の扉が登場する。

ここに外部からの侵入者を防ぐための結界が作用していて、神聖力がないと開けられないのだ。

「これの出番です」

私は、背負っていた銀製のフライパンをぎゅっと握る。

神聖力を込めると、聖なるフライパンのできあがりだ。

「いきます。…………ふんっ!!」

両手でフライパンを握って構え、日ごろの恨みを晴らすかのように扉にたたきつける。

狙うは扉の中央にある赤い宝石のついた紋章。

本来は手のひらを翳して神聖力を流し込むのだが、私の手だと小さすぎるのでフライパンを代用した。

――バンッ!!

膨大な神聖力を感知した紋章は、すぐに扉を開いた。

――ゴゴゴゴゴ……。

『開錠しました。お気をつけてお通りください』

柔らかな女性の声で、通行が許可された。

私は再びフライパンを背負い、リュカ様と一緒に扉をくぐる。

しばらく歩いていると、リュカ様がふと疑問を口にした。

「アナベル、もしやフライパンで殴らずとも、私が神聖力を込めて開ければよかったのでは?」

私たちはじっと見つめ合う。

「そうですね。手の大きさが問題だったので、リュカ様が開ければ……って、ダメですよ? 呪われているんですから、神聖力は温存してください」

「それに、フライパンをそっと当てるだけでもよかったですよね。あんなに勢いつけて叩《たた》かなくても」

「ノリと勢いって大事なんです。ストレス解消にもなりましたので」

物理的な攻撃が一番ストレス解消にはいい。

大司教を殴れないんだから、せめて扉くらいは……と思ったのは秘密だ。

リュカ様は苦笑いで言った。

「無茶はしないでくださいね」

「はい」

そっとつながれた手が、恋愛的な意味ではなく捕獲だなんて気づきたくない。

私たちは地上の門番や警備兵に気づかれないよう、足早に地下通路を進んでいく。


肌寒さを感じる地下通路。階段を上がって地上に出て、美しく整えられた庭に到着すると、そこはもう大司教の私室の前だった。

「ここですね」

質素倹約をモットーとする聖職者が、庭ありテラス付きの部屋に住んでいるとは……。

ここから入ったのは初めてなので、その豪華さにイラっとくる。

「寝所はこっちでしょうか?」

リュカ様が指差した方向へ、私たちはこっそり移動する。

目配せして扉を開くと、天蓋付きの大きなベッドがあった。かすかな寝息が聞こえてくる。

このまま泥棒のように部屋の中を探って呪いの核を見つけてもいいが、ご本人を脅して聞いた方が早い。来る途中の打ち合わせで、リュカ様が大司教に剣を突き付け、在りかを白状させて私が見つけ出すということで流れが決まっていた。

——ギシッ……。

リュカ様が短剣を握り、ベッドに片足を乗り上げる。

私は壁際にある明かりのスイッチに手を添え、そのときを待った。

「起きてください。あなたに聞きたいことがあります」

「――っ！」

首元に添えられた鈍色の刃。大司教は一瞬で目を覚ました。

私はそのタイミングで明かりをつけ、この男に自分がどういう状況かをわからせる。

「だ、誰だ、おまえらはっ……！　呪い⁉」

腐っても聖職者。大司教にはばっちりリュカ様の呪いのモヤが見えていた。

「おまえっ！　リュカ・ルグランか」

「ええ、あなたによって呪われた哀れな聖騎士ですよ」

「何のマネだ！　ここをどこだと思っている！」

カッと目を見開き、この状況でも強気に出る大司教。

なんだ、その態度は！

私はムッとして彼に告げる。

「大司教、死にたいんですか？　早く呪いの核である宝石の在りかを吐いてください」

「おまえっ……役立たずが何をしている！」

あぁ、私のことは一応覚えていたのね。

意外すぎて「おぉっ」と目を丸くする私。

「何をしているって、夜襲？」

「夜襲だと⁉」

話し合いに来たとでも思ったのかしら？

現在進行形で、喉元に刃が突き付けられているこの状況で。

リュカ様は寝起きの大司教にでもわかるように、淡々と説明した。

「エルフリーデ・カステリオ侯爵令嬢は捕縛しました。すべては白日の下《もと》に晒《さら》され、あなたが助かる道はもう呪いの核を差し出して命乞いするよりほかはありません」

「はっ、嫌だと言ったら？」

この期に及んで逆らう大司教を見て、私はプツンと切れた。

つかつかと歩み寄り、ベッドに上ってフライパンを構える。

「何様ですか？　殴りますよ」

「おまえだよ！　おまえが何様だぁぁぁ‼」

「はぁぁぁん⁉　人を呪うようなカスは私程度の女に蔑まれる存在なんですー！　さっさと吐けコノヤロウ」

──ガンッ！

「ぐっ……」

しまった。本当にフライパンで殴っちゃった。

どうしよう、リュカ様に暴行現場を見られるなんて。

「み、見ました、よね……？」

「……」

ちらっと彼を見ると、彼は気まずそうに目を伏せる。

あぁ、見なかったことにしてくれるんですね⁉

ありがとうございまーす‼

大司教に再び視線を移すと、彼はまだ歯を食いしばって抵抗を見せる。

リュカ様は冷静に、諭すように言った。

「無駄な抵抗はやめて、すべてを吐いたらどうですか？　あなたも命は惜しいでしょう？」

この期に及んで説得だなんて、リュカ様は本当に優しい。

ただし、大司教はそんな彼を鼻で笑った。

「はっ、さぞ私が恨めしいだろう？　アナベルを教会から引き取ったものの、どうあがいても呪いは解けん……！　真実の愛など、この世に存在しないのだから」

その口元は、愉悦に満ちている。

リュカ様は毅然《きぜん》とした態度で、大司教に反論した。

「真実の愛がこの世に存在するかしないか、それはあなたが決めることではありません。己の欲に目が眩《くら》み、フェリクス様のみならず教皇様まで呪ったあなたは、もはや聖職者でも人でもない」

「なんだと……⁉」

ぎっと歯を食いしばる大司教。次の瞬間、彼は怒りを露わにして叫んだ。

「おまえに何がわかる！　私がどれほど……どれほど辛酸を舐《な》めてきたか！　家を継げ、権力も財産も思うがままになる者どもに私の苦労が分かってたまるか！」

激高する大司教は、もう少しで我を忘れそうなほどに見える。

こんな相手から、話し合いで情報を引き出すのは到底無理だ。そう思った私は、右手のフライパンをわざと高く掲げ、大司教を脅す。

「もう一発いいですか？　核の在りかを話す気がないのなら、せめて思いきりやってみたいです」

「——っ⁉」

顔を引き攣《つ》らせた大司教は、さきほどの一発がよほど効いていたらしい。

ぐっと悔しげに押し黙ったと思ったら、すぐに白状した。

「女神像の中だ……！」

大司教は、寝所の壁際に置いてある棚を指差す。

そこには異国風のグラスや皿、彫刻なんかが飾られていて、その中には彼の言ったように陶器で作られた女神像もあった。

あれか、と目星をつけた私はベッドに乗り上げていた片足を下ろす。

「リュカ様は大司教を押さえていてください」

棚の前に立つと、鍵はかかっていないことがわかる。

不用心だなと呆《あき》れると同時に、まさか寝所に乗り込まれるとは予想外だったんだろうとも思う。

私は、棚の戸を開けて女神像を手に取った。

「ここに核が？」

少しだけ振ってみると、カランカランと何かが入っている音がする。

像の下には紐《ひも》がついていて、それを引っ張るとポンと丸い栓が抜けて手のひらサイズの宝石が出てきた。

像の中から飛び出したそれは、ふかふかの絨毯《じゅうたん》の上に転がる。

「これが」

呪いの核。リュカ様を苦しめている原因。

完全に黒く染まった六角形の宝石は、ゆらゆらと真っ黒いモヤを放っている。

絨毯の上に転がったそれを、私はフライパンに神聖力を込めて思いきり叩き割ろうとした。

「待て！」

大司教の叫ぶ声がした。けれど、突然止まれない。

――ガキンッ!!

「痛っ」

掌がじんじんする！

神聖力を込めたフライパンでは、呪いの核は砕けなかった。

「アナベル、やはり加護付きの金槌《かなづち》でないと砕けません。持ち帰って、金槌隊に任せましょう」

「そうみたいですね」

宝石が砕けなくて大司教がホッとしているところを見ると、やはりこれは本物ということか。

再び女神像の中に呪いの核を入れた私は、しっかり栓をしてそれを持つ。

しかしここで、大司教はにやにやと怪しげな笑みを浮かべ言った。

「アナベル、私が何も用意していないと思っているのか？」

「え？　何ですか、お茶でも用意してくれていたんです？」

そんなわけない、と思いつつも私も不遜な態度で返事をした。

「昨夜遅くに、エルフリーデからおまえのことを調べてくれと言われてな。万一のことを考えて、すぐにあるものを用意したよ。知りたいか……？」

短剣を突き付けられてなお、ここまで態度が大きいのはなぜなのか。

よほど自信があるらしい。

嫌な予感がした私は、リュカ様に告げた。

「大司教を縛って、早く帰りましょう」

「おおーい！　聞け！　聞けよ!!」

悪者の言うことは無視するに限る。

どうせロクなことじゃないんだから。

けれど、リュカ様はなおも大司教に短剣を突き付け、続きを促した。

「何を用意したと言うんです？　まさか彼女を呪おうと……？」

今のところ私は呪われていない。

真っ黒いモヤは、リュカ様の背にしかない。

大司教はリュカ様が食いついたのがうれしいらしく、にやりと意地悪く笑った。

「話は、私を解放してからだ」

あ、本当に腹立つなこのジジイ。

再びキレそうになった私は、ベッドに近づく。

「偉そうにしてるけれど、今パジャマですからね⁉　その変な三角帽子を取れ！　いい年したおっさんがクール気取っても所詮はパジャマじじいですからね！」

「おまえらが夜中に来るからパジャマなんだろうがぁぁ！」

大司教が妙に自信満々のせいで、私たちは寝所に長居してしまった。

これほどまでに言い争いをしていて、教会の使用人が気づかないわけもなく――。

「何事です⁉　大司教様‼」

側仕えの男が寝所に駆けつけてきた。

私が教会にいた頃、何度か見たことのある男。彼は大司教の側仕えで、暮らしのお世話をしているレナードだ。

彼は寝所の様子を見て、すぐに今どんな状況かを理解した。

呪いのこともすべてを知っているみたいで、リュカ様を見るなりギリッと歯を食いしばった。

大司教はあからさまに安堵《あんど》の色を浮かべ、勝ち誇ったように告げた。

「レナード！　あれを連れてこい」

私は反射的に、フライパンを振った。

――ガンッ！

「がはっ」

「誰が勝手にしゃべっていいと言いました？」

人質だという自覚はないの？

私は大司教を睨《にら》みつける。

レナードは大司教がフライパンで殴られたのを見てちょっと動揺していたけれど、すぐに踵《きびす》を返してどこかへ行ってしまった。

「いやいやいや、この状況で大司教を置いていく？　いくら命令されたからって」

「警備兵を呼びに行ったのでは？　核を持って、今のうちにここを出た方がいいかもしれません」

リュカ様は冷静にそう分析した。

しかしここで、大司教がそうはさせまいと口を開く。

「いいのか？　今逃げたら後悔するぞ」

「どういうことでしょう。すでに核は私たちの手の中にあります。何かあなたに勝算でも？」

「ふはっ、はははは。恵まれた聖騎士殿にはわかるまい。アナベル、おまえが教会で役立たずだと罵られ、売り払われそうになっても逃げ出さなかった理由はなんだ？　思い出してみろ」

突然そんなことを言われ、私は顔を顰《しか》める。

逃げ出さなかった理由。

それは借金があったから。

「まさか」

もう顔も覚えていない弟。

私には、親戚に引き取られた五つ下の実弟がいる。

ドクンと大きく心臓が跳ねた。

そしてそこへ、案の定一人の少年を連れたレナードが戻ってくる。

「アナベル。これが誰かわかりますか？」

後ろ手に縛られ、自分を捕えている男をキッと睨みつける少年。

白いシャツに黄土色のズボン、日に焼けた健康的な肌には暴れてついたような擦り傷がところどころにある。

「ふざけんな！　おまえら一体なんなんだよ⁉　聖職者が人さらいなんてしていいと思ってんのかあ⁉」

彼が身をよじると、薄緑色《アイスグリーン》を帯びた銀髪がぶんぶん揺れた。

私は呆気《あっけ》にとられ、目を丸くする。

レナードはにやりと口角を上げ、私の返答を待っていた。

「アナベル……？」

リュカ様の声が聞こえる。

私はゴクリと唾を飲み込み、そして言った。

「誰⁉」

「「はぁぁぁぁ⁉」」

レナードと大司教が大声で叫ぶ。

私は少年を指差して、眉を思いきり顰《ひそ》めて叫んだ。

「いやいやいや、これ誰⁉　うちの弟は金髪だから！　私と同じ髪色じゃないから‼」

違う違う、と首を振るとレナードが少年の顔をじっくり確認し始める。

「え？　いや、似てるけれど似てない？　え？　え？　違うってそんな馬鹿な」

「そんな馬鹿なってそれはこっちのセリフですよ⁉　そんな見ず知らずの少年を人質に取られても、さすがに大司教と交換ってわけには」

私たちのやりとりを聞き、少年がくわっと目を見開いて言った。

「だから俺は両親ともに揃《そろ》っていて、姉なんていないって言っただろうがー！　この女誰なんだよ⁉」

「この女⁉　失礼ね、あんたも誰なのよ⁉」

私の絶叫と少年の絶叫。

もうここは混沌《こんとん》としすぎていた。

このままでは収拾がつかない。そう思った瞬間に背後で鈍い音がする。

――ガンッ！

「ぐはっ！」

振り返ると、リュカ様が大司教を殴って意識を奪っていた。

あっさりと肩に担ぐと、彼は言う。

「アナベル！　いったん引きますよ！」

「はい！」

「ま、待て！　大司教様を返せ！」

私たちはテラスへ出て、即座に木々をかき分けて逃げる。

少年もレナードの股間を蹴り上げ、ここぞとばかりに走ってついてきていた。

なかなか将来有望な少年だ。

地下通路への入り口につくと、私はリュカ様の短剣を借りて少年の縄を切る。

「君、名前は？」

「アレックス」

「ごめんねぇ、巻き込んで。私と髪色が同じだったばかりに」

「ほんっとうにいい迷惑だよ‼　あんたら一体何なんだよ‼」

気が強いのはいいことだ。

本当に、姉弟《きょうだい》そっくりね。

私はあははと笑い、走りながら少年の頭をガシガシと撫《な》でた。

「だからごめんって、後でフェリクス様に頼んでおうちまで送ってもらうから。ちょっとだけ一緒に来て？　どうせ逃げるところなんてないんだし」

アレックスは不服そうに顔を歪《ゆが》めるも、ほかに方法がないとわかっているから仕方なく頷《うなず》いた。

物分かりがいい。

リュカ様は大司教を担いでいるのに息切れすらすることなく走り続け、侵入時と同じ経路を辿《たど》って教会の裏手まで到着した。

「うちの王子様は勘がいいことで……。どうやら助かったみたいです」

鉄製の門の外には、フェリクス様が聖騎士を率いて来てくれていた。

私たちが勝手にいなくなったから、大司教のところへ行ったと思って追って来たのだろう。

「王子様のフットワークが軽すぎると思うんですが？」

苦笑いで私がそう言うと、リュカ様も同じように笑った。


それからわずか三十分後。

レナードや大司教の部下たちは一斉に捕縛され、真夜中の教会は騒然となった。

アレックスはフェリクス様が保護してくれて、今夜は用意された宿に泊まるらしい。明日には家に送って行ってもらえるので、彼はまたすぐに日常を取り戻すだろう。

私たちは同じ馬車に乗って移動し、宿に到着したところで彼だけを下ろした。

「助けてくれてありがとうございました」

興奮状態から落ち着いたらしく、アレックスはしおらしくお礼を述べる。

「あら、お礼なんて言ってくれるの？　ふふ、こちらこそありがとう。……さようなら。元気でね」

自分と同じ銀髪が、徐々に遠ざかっていく。

笑顔で手を振り続け、疲れた頃にようやく馬車は動き出した。

馬車の扉は閉まり、ゆっくりと景色が流れ始める。

「よかったのですか？　本当のことを告げなくて」

隣に座るリュカ様が、静かにそう尋ねた。

やっぱり、リュカ様はわかっていたみたい。それでいて、何も言わずにいてくれた。

どこまでもいい人だった。

「はい、これでいいんです」

アレックスと私が親戚に引き取られたとき、あの子は一歳だった。

父の親戚である養父母は、私たちを借金ごと引き取ってくれたけれど、一年半ほど経った頃にとうとう返済に行き詰まり、もう限界だっていうときになって運よく私に神聖力があることがわかった。

聖女になれば教会が借金を肩代わりしてくれるから、養父母と弟は普通の暮らしができる。それに元々、養父母が借金を背負う必要なんてまったくなかったのだ。

私は喜んで教会へ入った。

「離れ離れになったのは、あの子が二歳半のときです。私のことは覚えていなくても当然で、それに『両親揃っている』って……。今の両親が本当の親だって思っているみたいなんで
大事に育ててもらっているということだろう。姉の出る幕などない。

「レナードがお馬鹿さんで助かりました」

いや、本当に助かった。まさか弟に会えるなんて思ってもいなかった。積極的に会いたいって思ったことはなかったけれど、こうして本人の姿を見られるとそれはそれでうれしいものだ。

「十三歳かぁ。大きくなったなぁ」

身長もほとんど私と変わらないくらいで、気の強さも私に似ていた。

…………将来が心配だ。

「アナベル」

自分の膝をぼんやり見ていると、リュカ様がそっと肩を抱いてくれる。

寄り添った温かさに、視界が滲《にじ》んでいくのがわかった。

「すみません、しんみりしてしまいました。後悔があるわけでも、ものすごく情があるわけでもないんですが……」

寂しいのか悲しいのか、それとも実は名乗りたかったのか？

自分の気持ちがわからない。

リュカ様はしばらく黙っていたけれど、労るように優しく抱き寄せて言った。

「私はあなたのそばにいます。これからもずっと」

「はい」

涙を手で拭い、どさくさに紛れてリュカ様の胸に顔を埋《うず》める。

呪われていても、いい匂いがした。頭を撫でてくれる大きな手が心地よく、ずっとこうしていたいと思ってしまった。

「はぁ……」

思わずため息が漏れる。

「どうしました?」

「幸せです」

幸せ過ぎると人はおかしくなるのかもしれない。

リュカ様は私の髪を撫で、目を細めてふっと笑ってくれた。

背後には、ゆらゆらと黒いモヤがうごめいている。

「その呪いのモヤも見納めですね」

「そう願います」

これから城に戻り、いよいよ金槌隊に呪いの核を破壊してもらうのだ。

そうすれば今度こそ、リュカ様の呪いは解けるはず。

長かったような短かったような、ようやく終わりが見えてきてホッとした。

「アナベルのおかげです」

見つめ合うと、ちょっと照れる。

するとここで、これまで黙っていた王子様がふいに口を挟んできた。

「私は失恋したばかりなのだが……?　ちょっとくらい配慮したらどうだ」

しまった。存在を忘れていた。

王子様の前で、おもいっきりイチャついてしまっていた。

リュカ様は気まずそうに目を伏せ、居住まいを正す。

「これは失礼を。申し訳ございません」

「おい、謝るな。余計に傷つくぞ」

まじめなリュカ様は、ときに残酷だ。

「その、フェリクス様にもこれからきっといい出会いがあって、想い合える伴侶が見つかると思います」

「この堅物に慰められる日が来ようとは……」

もう何を言っても慰めにはならず、こういうときは黙っているに限る。

異様な静寂に包まれた馬車は、私たち三人を乗せて王都をゆっくりと進んでいった。


夜が明ける少し前、私たちは王城の西側にある聖騎士団の施設へ到着した。

ここは騎士の訓練や試験が行われる場所で、独身寮や食堂、厩舎《きゅうしゃ》などもある。

「やぁ、待ちかねたよ」

赤土がきれいに整えられた演習場にやってくると、三人の部下を連れたアーヴィスさんが私たちを待っていた。

聖騎士も団長、副団長をはじめ少人数のみが待機していて、呪いの核は秘密裏に破壊されるのだとわかった。

「呪いの核はどこ？」

「ここです」

私の手より少し大きいくらいの女神像。私は持っていたそれをアーヴィスさんに手渡す。

「うわぁ、すごいね」

台座の上に呪いの核を置くと、いかに禍々しいものかを思い知る。

「真っ黒ですね」

「こんなに酷い状態の核は初めて見た」

「アーヴィスさんでも？」

真っ黒に染まったそれは、呪いの効力の凄まじさを表している。

呪いが発動してからたった二ヵ月なのに、この世のすべてを呪ったかのような闇色だ。

「アナベル嬢がリュカに持たせたお守りや聖紋入りのあれこれが、かなり呪いの影響を弾いていたんだろうね。核がここまで黒く染まっているとは思わなかった」

「弾いた分だけ、代償としてこの核に跳ね返っていたってことですか？」

「そうなるね」

よかった。リュカ様の役に立っていたらしい。

でもこの核がある限り、平穏は訪れない。

隣に立つリュカ様を見上げると、かすかに緊張ぎみに見える。

いよいよ呪いから解放される。安堵と共に、「これも違う呪いの核だったら」と不安がよぎったのは私だけじゃないはず。

「リュカ様、今度こそ呪いは解けます」

嫌な想像を振り払うように、私は彼の袖をそっと掴《つか》む。

「はい。きっと……」

彼は少し口角を上げて見つめ返してくれた。

その顔は凜々《りり》しく美しい。でも、呪いの影響で目元には疲労が浮かび、出会った頃より少し痩せてしまっている。

多分、弱音を吐かないだけで体のいろんなところに害が及んでいるだろう。

命が削られているという自覚もあるはず。

普通の人なら絶望して自棄《やけ》になっていてもおかしくないし、発狂していたかもしれないのに、リュカ様は清らかで頼もしかった。

痛々しいほどに。

リュカ様は自分の袖を掴んでいた私の手をそっと包み込むようにして握ると、まっすぐに背を伸ばして呪いの核を見つめた。

「うわぁぁぁ！　やめろ！　離せっ、無礼者！」

一番最後にやってきたのは、縄でぐるぐる巻きにされて聖騎士に捕らわれた大司教。リュカ様が気絶させて攫《さら》ってきた彼は、目を覚ましたらしい。

「騒がしいな。黙らせよ」

「はい！」

フェリクス様に命じられ、聖騎士が大司教の口に縄をかけた。

「んふー！　ふんぐー！」

この期に及んで元気いっぱいなのは、ある意味で尊敬するわ。

私は冷めた目で大司教を見た。

「フェリクス様、ご命令を！」

意気揚々とやってきたのは、巨大な金槌を持ったムキムキ聖騎士。

リュカ様と同じ隊服なのに、なぜか袖なしである。

筋肉を見せつけるためのオリジナル隊服ですか？　違和感がすごい！

「あの……？」

この方は一体何なのか、とアーヴィスさんに目で問いかける。

彼はにこりと笑い、紹介してくれた。

「オズマン隊長だよ。金槌隊の隊長が直々に破壊してくれるらしい」

「隊長!?」

冷たい風が吹く演習場で、地面に転がされた大司教が芋虫のようにもがく中、いよいよ呪いの核が破壊されるときがやってきた。

気合を入れた隊長は、呪いの核の正面に立つ。

「やれ」

「うぉぉぉぉ！」

フェリクス様が一言命じると、巨大な金槌が振り上げられた。

――ガシャンッ!!

真っ黒いモヤを放っていた六角形の宝石は、金槌の一撃を受けて木っ端みじんに砕け散る。

青紫色の煌《きら》めきと漆黒の煙が周囲に舞い、禍々しいのに美しい光景だった。

「――!?」

「リュカ様！」

核が破壊されたのとほぼ同時に、リュカ様の周囲に柔らかな風が巻き起こる。

そして、背中にあった真っ黒なモヤはしゅるしゅると糸がほどけるように舞っては消えた。

「？」

ところが、あと少しでモヤが全部なくなると思ったとき。

「やはり影響は残ったか」

アーヴィスさんが悔しげに言った。

リュカ様の背にはわずかにモヤが残っているのが見える。

全部は取り切れなかった、ということなのか。

「え、でも呪い自体は解けたってことですよね？」

「あぁ、それは間違いない」

リュカ様の心身は、予想以上に深くまで蝕《むしば》まれていた。

「あとはリュカの体力と精神力次第だね。しばらくの間、体内の神聖力を高める治療をおこない様子を見よう」

アーヴィスさんの言葉を受けて、私はじっとリュカ様を観察する。

彼は自分の腕や胴を見て状態を確認し、変化を実感したのか笑ってみせた。

「随分と身体《からだ》が軽くなったような気がします。呪いが解ける前とは比べ物にならないくらいに」

「本当に？　本当に、本当に、ほんっとうに大丈夫なんですか？」

私はまじまじとリュカ様の顔や肩、胸、お腹、脚などを観察し、どこにも異常がないか確認する。

その様子を見て、彼はくすりと笑って言った。

「アナベル、呪いは解けました」

微笑みが尊い。

神々しさが増した気がする！

「リュカ様……」

感極まった私が両腕を広げてリュカ様に飛びつこうとすると、これまで沈黙していた王子様が突然叫んだ。

「大司教がいない！」

「「!?」」

振り返ると、芋虫状態で転がされていた大司教の姿がどこにもない。

「逃げた？　消えた!?」

「探せっ！」

聖騎士たちが演習場やその外に走って探しに行く。

けれど大司教がいたはずの場所には、彼を縛っていた縄や鎖が落ちていた。

逃げたというより、忽然《こつぜん》と消えているように思われる。

「動けるはずないのに、どこへ……？」

私は眉根を寄せ、真剣に考えた。でもどう考えても、人ではない何かの力が働いたとしか思えない。

「呪いの代償、罰が下ったということか」

アーヴィスさんは、腕組みをして考え込んでいた。

「絶対に見つけ出せ！　罰が下ったか見届けなくては」

フェリクス様が険しい顔つきで叫ぶ。

わずかな騎士のみをこの場に残し、大司教の捜索が懸命に行われた。

そしてわずか数分後、大司教は意外にもすぐそばで発見される。

聖騎士の一人が、真っ青な顔で演習場に戻って来て報告した。

「殿下！　アーヴィス様！　いました、大司教が……！」

聖騎士団のシンボルともいえる軍神像、それを囲むように作られた人工池にて、すでに息絶えているのが発見されたらしい。

「溺死、ということか？」

フェリクス様の疑問に、聖騎士が「そのようです」と答える。

私たちがいる場所から歩いて五分もかからない場所だけれど、一瞬でそこまで移動していたということは間違いなく呪いをかけた代償だろう。

大司教はあっけなくその生涯を終えた。

フェリクス様やアーヴィスさんは、すぐに現場へ確認に向かうと言う。つられて私も移動しようとすると、こちらを振り返ったフェリクス様に止められた。

「アナベル嬢はここで待て。一般人が見るものではない」

確かに、その通りだわ。

大司教のことは腹が立っていたけれど、こんな風に天罰が下ることを望んでいたかというとそこは微妙なところだ。

その死に悲しみはないけれど、できることなら顔見知りの遺体は見たくない。

それに、現場に行ったからといって私にできることなど何もない。

「お言葉に甘えて、ここで待機させていただきます」

私は、フェリクス様の指示におとなしく従うことにした。

もうこれで一件落着かな？

重苦しい気持ちは残るけれど、ようやく呪いが解けたんだという解放感はある。

夜通し動き回った身体はくたくたで、とにかくゆっくり眠りたいと思った。

あぁ、でもまだリュカ様のことを何とかしなきゃ。呪いの残滓《ざんし》がどれほどか、アーヴィスさんにチェックしてもらわないと……。

今日はもう、お邸《やしき》には帰れないかも。

私はあれこれ思案した後、隣に立っていたリュカ様を見上げる。

「リュカ様、いったん私たちは魔法師の塔へ……、リュカ様⁉」

彼の表情は苦悶《くもん》に歪んでいた。冷や汗をかき、呼吸が少し乱れていて苦しそう。

リュカ様は私の呼びかけに「大丈夫です」とかすかに答えるも、右手で胸を押さえ前屈みになり、ついには片膝をついた。

「リュカ様！」

私は慌てて、その隣に跪《ひざまず》く。

呼吸が苦しそうなので、首元のタイを解いてシャツのボタンを外した。

「早く中へ……！」

肩を貸そうとするも、私の力ではどうにもできない。

でもその瞬間、一度はここを離れかけたフェリクス様が駆け寄ってきて、リュカ様を支えて立ち上がった。

「リュカ！　しっかりしろ‼」

こめかみを伝う、大粒の汗。リュカ様に返事をする余裕はすでにない。

フェリクス様は悔しさを滲ませ、その顔を歪めた。

「呪いが侵蝕《しんしょく》しすぎていたか……！　医師を呼べ！　城内に運ぶ！」

「「はいっ‼」」

聖騎士たちが急いでこちらへやって来て、フェリクス様と代わり二人がかりでリュカ様を支えながら演習場を後にする。

私は両手でタイを握りしめ、ただ必死で彼らについて行った。

◆◆◆

リュカ様の体調が急変した翌日。私は魔法師の塔に泊まり込んで、彼のそばで神聖力を使いまくっていた。

呪いは解けても、すぐに元気になるわけではない。

彼の手を握り、そこから神聖力を流し込む。

私の神聖力が回復したと言っても、まだ全然足りない。どれほど神聖力を注いでも、彼自身の自浄作用を高めるまでには至らず、この行為が命を繋《つな》ぐことになっているのかもわからなかった。

「うっ……」

「リュカ様、しっかり……！」

彼は悪夢を見ているようで、ずっと魘《うな》されている。私は額の汗をタオルで拭い、細い管のついたガラス瓶で水を飲ませた。

アーヴィスさんは、より強力な魔法薬を作り、特殊な装置で聖水を濾過《ろか》して純度を上げるといって研究室に籠りっぱなしだ。

フェリクス様はさきほどまで一緒にいたが、事件の後処理や通常業務をこれ以上放置できないということで、自身の部屋に戻っていった。

私はリュカ様の看病をしながら、自分にもっとできることがないかと考え続ける。

王城にある禁書を片っ端から読めば、リュカ様を助ける方法が見つかる？

それとも、教会の上層部を連行してもらって、聖紋入りの寝具やお守りを大量生産させる？

ぐるぐると同じことが頭を巡り、とにかく行動しなくてはと思っていると、かすかに呻《うめ》いたリュカ様がふと目を覚ました。

「リュカ様!?」

私はベッドに乗り上げる勢いで、彼に顔を寄せる。

まだ意識がぼんやりしているのか、私の名を呼んですぐ、彼は何度も瞬きを繰り返した。

「アナベル……？」

「よかった、意識が戻って」

ホッとして、私は彼の手をぎゅっと強く握り締めた。リュカ様はそれを握り返すと、穏やかな笑みを浮かべる。

「心配させてすみません」

そんなことを言われ、私は小さく首を振る。

「お水は？　食事はできますか？」

パン粥《がゆ》や、野菜をペースト状にしたスープなら食べられるかも？　いやいや、起きてすぐに食べるのは無理か……？

でも今から作っておいてもらった方が、食べたくなったらすぐに食べられるよね？

一人であれこれ思案していると、リュカ様はベッドの上でゆっくりと上半身を起こす。

「リュカ様⁉　まだ寝ていた方が」

繋いでいた手を慌てて離し、その背を支えようとすれば、彼は大丈夫だと言って笑う。

私は枕を積み、彼がもたれられるようにそれをあてがうと、グラスに水を注いで彼に手渡した。

水を飲み干したリュカ様は、倒れたときよりは少しだけ顔色がいいように思える。けれど、目の下にはクマがあり、疲労が感じられる。

その姿を見ていると、どうにかして助けてあげたいと強く思った。

「アナベル」

「はい？」

掛布を整えていた手を、ふいに握られて私は顔を上げる。

「夢を、見ました」

リュカ様は、私をまっすぐに見て言った。魘されていたのを知っているから、いい夢ではないはず。

不安で胸がざわめく。

私の心情を察した彼は、安心させるように微笑みながら話し始めた。

「夢の中でも私は呪われて、教会へ行き、あなたに求婚しました。真実の愛を見つけるのに、どうか協力してほしいと」

それは、記憶をなぞったということ？　私はただリュカ様を見つめ、続きを促す。

すると彼は、困ったように笑った。

「アナベルに断られました。呪われている聖騎士と結婚だなんて絶対にごめんだ、と」

「ええ⁉」

何それ、あり得ない！　って、夢だからそもそもあり得ないんだけれど、私がリュカ様の求婚を断るって、夢の自分でも殴ってやりたい！

不満げに唇を尖《とが》らせる私を見て、リュカ様はくすりと笑う。

「それで気づいたんです。あぁ、これは夢だと」

「はぃ？」

予想外の言葉に、私は意味が解らず目を瞬かせる。

「アナベルは、いつだって呪いを解こうと一生懸命でした。だから、このアナベルは私のアナベルではないなと、思ったんです」

リュカ様は、繋いでいる方とは逆の手をそっと私の頬に当てた。

その目は愛おしさで溢《あふ》れていて、でも少し淋《さび》しげで。

見つめ合っていると、なぜか泣きたくなった。

「実は、呪われてからずっと考えていたんです。なぜ私なのか、と」

それは、初めて聞くリュカ様の本音だった。

「私はこれまで生きてきて、誰かを心の底から憎いと思ったり、恨んだりしたことはありませんでした。ですが、呪われて初めて気づいたのです。己の中にある、仄暗《ほのぐら》い感情に……。なぜ自分なのかと恨めしく思い、犯人を憎み、平穏な日々を送れている他者を妬みました」

名家の一人息子として何不自由なく生きてきて、努力は報われ、人望もあり、そんなリュカ様にとって呪われたことは初めての災難だったのかもしれない。

貴族社会や騎士団のいざこざは目にしていても、実際に自分に降りかかったことはなかったのかも。

婚約解消の一件だって、彼自身が特に相手に興味がなかったのだから、そこまでの衝撃はなかったみたいだし。

私は、リュカ様は強い人だって思い込んでいたけれど、身体を蝕まれていく恐怖は着実に彼の心を弱らせたんだと気づく。

「アナベルは私のことを、清らかだと言ってくれました。でも実際は、そんなことはなかったのです。それに気づいたとき、自分はなんてちっぽけな存在なんだろうと情けなくなりました」

思いがけない告白に、私は堪らず涙が零れる。

リュカ様がちっぽけな存在だなんて、そんなわけない。フェリクス様を守ろうとして呪われて、心身を蝕まれて、犯人を憎いと思うのは当然だ。

自分が苦しいときに、ほかの人が楽しそうにしていたら妬ましいのもよくわかる。

リュカ様は悪くない。情けなくなんかない。

そう伝えたいのに、何一つ言葉が出なかった。

彼が心に負った傷は、私には治せない。それがどうしようもなく悔しくて、唇を噛《か》みしめる。

「アナベル、泣かないでください。私は大丈夫ですから」

頬を濡《ぬ》らす滴を、リュカ様の指がそっと拭う。

視界が滲んでよく見えないけれど、その表情はとても穏やかなように感じられた。

「私は自分の醜さに気づきましたが、同時に救われたこともあるのです。さっきまで胸が焼けるように熱くて喉が痛くて、苦しくてどうしようもなかったのですが、呪いを受けたのがアナベルでなくてよかったと思いました。あなただけは無事でいてほしいと、心から思ったのです」

その想いに、私は再び涙が流れて止まらなくなる。

リュカ様はそっと包み込むように抱き締めてくれて、私が泣き止むまでずっとそうしてくれていた。

シャツ越しに伝わってくる彼の心音に、生きているのだと実感する。

絶対に離れたくない、その一心でぎゅっと抱き締め返すと、彼は静かに言った。

「おかしいでしょう？　私は今、意外にも満足しているんです。呪われたことで、アナベルと出会えたんですから。命を失うかもしれないのに、腕の中にあなたがいることがうれしいんです」

顔を上げると、今度ははっきりその穏やかな笑みが見える。

「私も、リュカ様といられて、うれ、しい、です」

一度泣き止んだのに、口にするとまた涙が溢れそうになった。考えれば考えるほどに、私たちを繋ぐものは呪いしかなくて、まったくの別世界に生きる二人だった。

でも、巡り合えたからには絶対にこの手を離したくない。

途切れ途切れになってしまった言葉はちゃんと届いたらしく、彼は笑みを深める。そして私の頭や目元に唇を寄せ、しっかりとした声で宣言した。

「絶対に生きてみせます。アナベルと、この先もずっと一緒にいるために」

リュカ様が諦めないのなら、私も諦めない。

どんな手を使ってでも、私たちの幸せを守ろうと思った。

◆◆◆

リュカ様の意識が戻って、早二日。

私はアーヴィスさんの研究室で、ひたすら書物を読み漁っていた。

「違う……これじゃない」

呪いに蝕まれた身体を回復させる方法。

そして、今もなお残る呪いの残滓をリュカ様から取り除く方法を探すためだ。

――ガチャ。

「持ってきました！」

「ありがとうございます！」

オーレリアンさんには教会と城を二往復してもらい、禁書を持ち出してきてもらった。

ミスティアに手紙を書き、教会内部に彼を手引きするよう頼んだら快諾してくれたのだ。上層部逮捕の混乱に紛れて盗んできた禁書は、私が見たことのないものも含め十五冊に及ぶ。

どさりとそれを机の上に置いたオーレリアンさんは、姿勢を正して端的に尋ねた。

「主よ、ほかにご命令は？」

「いい。こっちは大丈夫。リュカ様のお世話をお願いします」

私は、必要最低限の返事をする。

目は書物に向かったままで、彼がどんな顔をしているかはわからない。でも、かしこまって礼儀正しくしてることは、何となくわかる。

「かしこまりました‼」

リュカ様は城内の一室で、アーヴィスさんや魔法師に囲まれて集中的に治療されている。

神聖力を補充して、これ以上の身体機能低下を防ぐそうだ。

「あとでお食事もお持ちいたします。身の回りのことはシェリーナを呼びましたので」

「ありがとう」

エルフリーデ嬢の一件以来、すっかり従順になったオーレリアンさんは、私の下僕として寝食を疎《おろそ》かにして尽くしてくれている。

持つべきものは、よく働く下僕である。

オーレリアンさんが飛び出して行き、部屋には一人きり。

私は必死に書物のページをめくる。

「どこで見たんだっけ、聖紋の使い方……」

リュカ様の苦痛を取り除いてあげたい。

今は容体が落ち着いているけれど、未《いま》だ悪夢にうなされることもあり、肉体だけでなく精神的にも呪いの影響が出ているように思えて心配だ。

一刻も早く、彼を救いたい。

その一心で、私は山のように積まれた書物を片っ端から読んでいく。

神聖力を極限まで高め、それを一気にリュカ様に与えれば、体内を蝕んでいる呪いの残滓は消せるはず。

手段はわかっているのに、肝心な神聖力を高める方法が見つからないなんて……。

「うわぁぁぁ！　もっとわかりやすく書いてよー!!」

貴族特有の言い回しなのか聖職者が使う隠語なのか、書いた人は相当に性格が悪い。

自分の知識が他者に渡らないよう、わざとわかりにくく書いているとしか思えない。

「知られたくないならそもそも書いて残すなっつーの！　残すなら子どもが読んでもわかるように残せ!!」

ときに切れそうになりながら、リュカ様を助ける手がかりを探し続ける。

「ん？　これは？」

偶然目に留まったのは、フェリクス様が渡してくれた魔法師の禁書。神聖力が減少する理由を調査したものだった。

私と同じく、世を儚《はかな》んで神聖力を失う聖女がいたという記録である。

「えーっと、『神聖力とは、聖女の内なる願いである人々を癒したいという心に大きく左右されるもののようだ。聖騎士の場合、減少する神聖力を肉体を鍛えることで補っていると予測される』って……」

これは知りたかったことだけれど、今は別にいらないから！

「あれ、これ続巻はどこ？　『続きは、神聖力の向上と筋肉の相互検証という巻で』って、それがないじゃないの」

ん？　これ、どこかで見た気がする。

周辺には山のように積み上げられた書物があり、このどこかで見たのかと視線で辿っていく。しばらくそうしていたけれど結局見つからず、私はまた別の書物を手に取った。

しかしそこにお目当ての内容はなく、疲労は溜《た》まる一方。あぁでもない、こうでもないと独り言を繰り返しながら、時間だけが過ぎていった。

真夜中になり、連日の睡眠不足で意識が朦朧《もうろう》としかける。

そのとき、ふとリュカ様の顔が頭に浮かんだ。

『ずっと私のそばにいてください』

聖女になって、楽しいことやうれしいことが一つもなかったわけじゃない。けれど、今私が生きててよかったって思えるのは間違いなくリュカ様と出会えたからだ。

ずっと一緒にいたい。リュカ様を助けたい。

「私は聖女なのに……聖女なのに……聖女なのに!!」

どうしてこんなに役立たずなのか。

多少の神聖力が戻ったところで、助けたい人を助けられなきゃ何の意味もないじゃない。

アーヴィスさんの神聖力でも足りないし、私のなんて全然足りない。

「あぁぁぁぁ!!　もう!!」

自責の念に駆られた私は、机に思いきり突っ伏して額を打ち付ける。

――ゴンッ！

「…………痛い」

睡眠不足になると、人はおかしくなるらしい。

誰に聞いたのか、そんなことが頭をよぎる。

「はぁぁぁぁぁ」

深い深いため息を吐くと、私は少し眠ろうと思って椅子の背もたれに身体を預けた。

脱力して天を仰ぐと、天井には美しい絵が描かれているのが見える。

剣を手に戦う神話の女神と天使たち。悪魔と戦って、平和を得たという有名な伝承のワンシーンだった。

「ん？」

えらく筋骨隆々な女神様だ。

戦う女神だからって思えばまぁ納得できるけれど、それにしても素手で戦えるんじゃないかって
いうくらいムキムキな女神だった。

なんとなくそれを見ていると、リュカ様の執務室で見た本のことを思い出す。

「そうよ、筋肉……。聖紋と聖武具の関係……、神聖力の向上と筋肉の相互検証」

記憶の端にひっかかっていた書物のタイトル。

「わぁぁぁぁ！　あれだー!!」

椅子を弾き飛ばして立ち上がった私は、床に禁書が散らばるのも構わず部屋を飛び出した。

――バァン!!

扉を突き破る勢いで押し開け、廊下を一気に駆けていく。

「どうした!?」

途中、フェリクス様がいたような気がするけれど無視して通過した。

全力疾走する私を止める者はおらず、聖騎士たちも呆気に取られているけれど気にしない。

「リュカ様……、リュカ様……、リュカ様！」

走って走って走って、とにかく走ってリュカ様の執務室へ。

鍵が掛かっていたのでそれを壊し、勝手に中へ入ってお目当ての書物を掻《か》き抱いた。

「あとは、アーヴィスさん‼」

目標が定まった私は、またもや部屋を飛び出し走り続ける。

一生のうちでこんなに走ったことはない。

呼吸困難になりそうだったけれど、ちょうどリュカ様の寝ている部屋から出てきたアーヴィスさんを捕まえることができた。

鬼気迫る形相で走ってきた私を見て、アーヴィスさんはぎょっと目を瞠《みは》る。

「何⁉　一体どうした⁉」

「アーヴィスさぁぁぁん！　ちょっと今すぐ脱いでください！」

「はぁ⁉」

出会い頭に上衣を剝ぎ取ろうとすると、全力で拒否された。

「やめろ変態！　俺にはかわいい妻子が！」

「誰が変態ですか！」

理由もないのに追いはぎをしようとしていると思われたみたい。いくら私でも、そんなことしない。

「これこれこれ！　これです！　聖紋、これ！」

書物をアーヴィスさんに押し付けて、私は訴えた。

「武器に聖紋を埋め込めるなら、人間にもできますよね⁉」

「人間に⁉　って、おいおいおいおい」

アーヴィスさんは険しい顔つきをしながらも、書物に目を通す。

「本気か？　身体に柄なんていれるのは罪人だけだぞ！」

「ダメって言われてもやるんですが、実験体は多い方がいいと思って」

「嘘《うそ》だろ、実験体ってまさか……」

私はにっこりと微笑んだ。

こうなったら一蓮托生《いちれんたくしょう》、運命共同体である。

リュカ様を助けるには、もうこれしかない。私一人じゃ心もとないので、生《い》け贄《にえ》……じゃなかった、協力者が必要だ。

「王国一の魔法師で解呪師ですよね？　協力してくれますよね？」

「うわぁ、真正面から脅されてる……？」

顔を引き攣らせるアーヴィスさんを捕まえ、私はその足でフェリクス様を回収しに向かうのだった。

◆◆◆

あれから五日。アーヴィスさんや彼の部下たちのおかげで、容体は少し回復した。

メイドや文官たちもいない早朝に、私はリュカ様が眠っている部屋を訪れる。

こっそり寝顔を拝見しようとしていた私だったけれど、扉を開けるとリュカ様の立ち姿が見えて驚いた。

窓辺で外の景色を眺めていた彼は、ゆったりとしたシャツにトラウザーズというラフな姿で、後ろ姿なのに凜々しくかっこいい。

私が入室すると、リュカ様はゆっくりと振り返る。

「アナベル、こんなに早くどうしました？」

その声はいつもみたいに優しい。でも、少し掠《かす》れていた。

私はあえて何も触れず、笑顔で近づいていく。

「ちょっとリュカ様に会いたくて。……起きていたんですね、立ち上がっても大丈夫なんですか？」

驚く私を見て、リュカ様はうれしそうに目を細めた。

「ええ、今日は調子がよくて。あまり寝てばかりいても、体力が落ちますから」

こんなときくらい、休んだらいいのに。また少し痩せたような気がする。

唇がかさついていて、どう見ても病人だ。

「アナベル？」

ただ名前を呼ばれただけなのに、今すぐ抱き着きたいくらいにうれしい。

けれど、起きている彼と対面するのは久しぶりでちょっと照れてしまった。

「会いたかったです、リュカ様」

私は、吸い寄せられるようにそっと彼の右手に触れる。

生きていてくれるだけで、その手に触れられるだけで胸が締めつけられるくらいに愛おしい。

見つめ合っていると、彼は少しだけ眉根を寄せて尋ねた。

「ちゃんと寝ていますか？ 顔色がよくないです」

自分でも、顔に疲労が滲んでいるのは自覚がある。とはいえ、病人に心配されるなんてそこまで酷いとは思っていなかったんだけれど……。ちょっと申し訳ない気持ちになる。

私は苦笑いで「大丈夫です」と告げ、少しだけ彼から離れる。

「あんまり眠れていませんが、でもそれはちょっとやることがあったので。多分、今日はぐっすり眠れます」

笑顔でそう告げると、リュカ様はわずかに首を傾げた。

「何かしていたのですか？」

私がまた神聖力を使いすぎて倒れたら、とそんな心情が見てとれる。

心配されることがうれしいなんて、私はどうかしてしまったのかもしれない。でももう、倒れる不安はないのだ。

私は笑顔で説明する。

「大丈夫です。アーヴィスさんたちに手伝ってもらって、聖紋の研究をしていたんです。リュカ様の身体を蝕んでいる呪いの残滓を、神聖力で完全に取り除けないかと思って」

「それは……」

リュカ様もおそらくそこまでは考えていたに違いない。でも、圧倒的にその量が足りなくて解決策が見つからなかったはずだ。

ここから先は、研究の成果を見てもらった方がわかりやすい。

私は一歩下がると、くるりと後ろを向いてリュカ様に背を向けた。

「アナベル？」

突然の行動に、彼が不思議そうに私の名を呼ぶ。

いきなり背を向けられたら誰だって困惑するとは思うけれど、見て欲しいものが背中にあるんだから仕方がない。

「聖紋で武具を強化できるっていう本の内容って覚えていますか？」

前合わせの上衣の留め具を、躊躇《ためら》いなく外していく。

そして、背中が見えるくらいに勢いよく衣を下げた。

「――っ！」

背後でリュカ様が息を呑《の》んだのがわかる。

少しだけひやりとした空気を背中に感じた。

私は両手で胸元を押さえつつ、淡々と説明する。

「武具が強化できるなら、人間の神聖力も高められるかもって思ったんです。アーヴィスさんも理論上は可能だって言ってくれて」

人間にも肌に聖紋を入れれば効果があるのでは。

この五日間はずっとその研究をしていた。

「アナベル、なんていうことを……」

リュカ様は声が震えていた。

この反応は、予想の範囲内だ。この国で身体に印を入れるのは罪人くらいで、堕天使や悪の手に堕ちた神が天界から追放されるときに消えない刻印をつけられたという言い伝えもある。

いくら聖紋といっても、身体に印を入れるのは神に背く行為とみなされる可能性が高い。

「無謀な賭けに出たわけじゃないですよ？　さすがに何の効果もないのに、こんなことしません。アーヴィスさんやオーレリアンさん、それに金槌隊の隊長さんも協力してくださいました」

ちなみに隊長さんはノリノリだった。パワーアップできるならやってみたい、と。

アーヴィスさんは断固拒否という姿勢だったけれど、「足の甲だったら普通は見えないし」ということで実験体となり、オーレリアンさんは「リュカ様の役に立てるなら」と腕を一本差し出してくれた。

「これは、本当に……？」

「心臓に近い方が効力を発揮するのでは、ということで背中にしたんです。肉が薄い方が彫りやすいし、形状がきれいな方が効力が高いってこともわかって……ってひゃん!!」

指ですっと背を撫でられ、私は悲鳴と共に飛び上がる。

どうやら本当に彫り物なのかを確かめられたらしい。魔術刻印なので施術中も今も痛みはないけれど、触れられると普通にくすぐったかった。

「すみません、あまりに衝撃的だったのでつい」

「い、いえ……。いきなりでびっくりして叫んでしまいました」

心臓がドキドキと鳴っている。

私はしばらく無言で背を向けていて、リュカ様も何も言わなかった。

「こんなものを彫ってしまって、どうするのですか……！」

素肌の両肩に回された、リュカ様の腕。

背後からぎゅっと抱き締められて、ぬくもりと重みを感じる。

「どうするって、神聖力が人並外れたくらいに高まりましたので、これでリュカ様を治します」

「そうではなくて」

「あ〜、わかってますよ？　さすがに彫り物はまずいですよね？　貴族のリュカ様には嫁げなくなってしまいます」

アーヴィスさんやフェリクス様にも、全力で反対された。二人の言い分では、身体に彫り物をした女を妻にするのは「娼婦《しょうふ》を妻にするくらい問題」なことらしい。

理由が理由なだけにリュカ様は私を嫌ったりしないだろうけれど、貴族社会のしがらみとか常識とかそういうものを考えると確実にまずい。

「嫁げなくなるなど……！　私はどんなあなたでも……、アナベル以外とは結婚しません」

抱き締める腕の力が強まり、リュカ様の強い意志が感じられた。

私はそっとその腕を摑み、この人を好きになってよかったとしみじみと思う。

「ふふっ、リュカ様ならそう言ってくれると思っていました。大丈夫ですよ、私、アーヴィスさんたちに言ったんです」

そう、彫り物はまずいと頭を抱える二人に私は言ったのだ。

――バレなきゃいいですよね？

背中なんて普通は誰にも見せないし、着替えるときに手伝ってくれる使用人には信頼できる者だけを置けばいいことだ。

ほかの人の目に触れないようにすれば、何とかなるはず！

だいたい、教会にいた十一年間で「正直者は損をする」って学んできたのだ。言わなければバレないことは、寿命が尽きるまで黙っていればいいと思っている。

「このことを知っているのは、フェリクス様と自分たちも彫っちゃった方々、それにシェリーナだけです。シェリーナは私のことを献身的な婚約者だって幻想を抱いちゃってるんで、秘密を守ってくれると約束してくれました」

連帯責任みたいな空気感があるので、気軽に口外できないだろう。

もしバレたとしても、そのときはフェリクス様の強権に期待したい。

「結婚前にこんな感じで傷物になっちゃいましたけれど、リュカ様の命には代えられません。私自身が私の意志で決めましたので、同情も懺悔《ざんげ》も、責任を取るなんてことも不要です」

そうは言っても、まじめなリュカ様はきっと自分のせいだって気にするだろうな。

人間、そんなに簡単に割り切れないし。でもこればっかりは、時間が解決してくれると願うしかない。

「ではリュカ様。さっそく治療しましょう」

私は身じろぎをして衣服を整えると、再びリュカ様に向き直った。

じっとその目を見つめると、少しだけ涙が滲んでいるように見える。

ちょっとかわいい、と思ってしまったのは内緒だ。

「治療とは、どのように？」

具体的に尋ねられると、ちょっと恥ずかしい。

言うより実際にやった方が早いと思った私は、リュカ様の頬を両手で挟んだ。

「治療は、これです」

「――っ」

背伸びをして、リュカ様の唇に自分のそれをそっと重ねる。

身体の中にあるありったけの神聖力を集め、薄く開いた唇から一気に注ぎ込んだ。

全身から熱が抜けていくような感覚になり、次第に意識が朦朧とし始める。

聖紋の効果で高まった神聖力を全部使えば、リュカ様の身体にある呪いの残滓はすべて消えてなくなるはずだ。

「ぷはっ……！」

酸欠と神聖力の使い過ぎで、私はふらりと後ろに倒れかかる。

「アナベル⁉」

リュカ様の慌てる声が聞こえた。

あぁ、眩暈《めまい》がする。もう倒れるようなことにはならないって思っていたのに、予想以上に力を使ってしまったらしい。

神聖力を極限まで使い果たした私は、立っているのもやっとな状態になっている。

目の前の景色が、ぐるんぐるんと回っているような気がした。

「アナベル、大丈夫ですか⁉」

「はい、ただの眩暈なんで……」

しばらくすると落ち着いてきたので目を開けると、とんでもない状況になっていた。

「リュカ様⁉」

目の前にいるのは、世界で一番大好きな婚約者のはず。

そう、そのはず。

「まぶしっ！　なんで光っているんですかぁぁぁ⁉」

リュカ様が謎の発光体と化していた！

そのご尊顔が見えないくらいに光っている！

青白い光に包まれたリュカ様は、直視できないくらい輝いていて、私はあわあわと狼狽《うろた》える。

でも、光の渦の中心で、愛しい人は平然と答えた。

「体調は非常によくなりました。呪われる前よりも元気なくらいですね」

「本当ですか⁉　よかったですね！　って、でも光っていますね⁉」

「ええ、光っていますね。一体なぜこんなことに……？」

「私が送った神聖力が多すぎたんでしょうか？　身体に害はないから大丈夫だとは思いますが」

どうしたらいいの⁉　リュカ様、姿がほとんど見えませんけど⁉

あまりに眩《まばゆ》い光に、廊下にいた護衛やいつの間にかやって来ていたフェリクス様たちまで駆け込んできた。

「何だその光は⁉」

「し、神聖力です……」

私は引き攣った顔で答える。

「くっ……！　これじゃあ、まともに話もできない！　何とかならないのか？」

王子様命令でも、さすがに無理だ。

すぐ隣にいたアーヴィスさんが、苦笑いで降参する。

「しばらく様子を見るしかないね。誰にもどうにもできないよ」

確かに様子を見るしかなさそうだ。

私はだんだんと慣れてきて、ぽつりと言った。

「まぁ、人生色々ありますから、ときに光ってることくらいありますよね」

「あるか！」

フェリクス様に突っ込まれ、私はアーヴィスさんと同じく苦笑いで沈黙する。

その後、直視できないくらいに眩い光を放つリュカ様は、三日三晩ずっと光り続けていた。

【第七章】　私と結婚してください

王城にあるフェリクス様の私室で、謎の発光体から美形騎士に戻ったリュカ様は静かに礼をする。

それを見た王子様は、満足げに笑った。

「どうなることかと思ったが、リュカが無事で何よりだ」

「恐れ入ります」

私はリュカ様の隣で、黙って二人の様子を眺めている。

「これで呪いの一件はすべて片付いたな。本当にご苦労だった」

フェリクス様は事後処理に追われ、ちょっと疲れた感じがまた余計な色香を感じさせる。呪いをかけられるほど女性を虜にしてしまう容姿も大変だな、と心の中で哀れんだ。

もう二度とこんなことがないよう、きちんと婚約者を決めて幸せになってもらいたい。

こんなに顔ヨシ、身分ヨシ、明るくて気さくで性格ヨシなんだからいくらでも相手はいそうなのにな。

コーデリア嬢に振られたのがめずらしい体験というか、不運だなって思う。

「アナベル嬢、顔に全部出ているぞ。なぜこれだけ揃《そろ》っていて振られるのかと同情しているだろう」

じとりとした目を向けられ、私は苦笑いになる。

「あれ？　顔に出ていました？　ちょっと不運だなって思いました」

「くっ……！」

正直に感想を述べると、フェリクス様は悔しそうに歯を食いしばる。

どうやら失恋のショックはまだ続いているらしい。

けれど落ち込んだ様子を見せるのはプライドが許さないのか、前向きな言葉を口にする。

「ふっ、王族は古来より政略結婚が基本だ。いくら第二妃、第三妃を持ってもいいと認められていても、妃が増えれば面倒事も増える。此度《こたび》のことは残念だったが、王族であるのに誰かを好きになる経験ができただけでよしとしよう」

「言ってることと顔が一致していませんよ？」

遠い目をして半泣きのフェリクス様は、頭で理解していても感情が追い付いていないように見えた。

失恋は新しい恋で癒すべきだ、とか何とかいう意見もあるから、またこれから誰かと恋をしてなるべくなら実って欲しい。

フェリクス様はちょっと拗《す》ねた感じになっていたけれど、気を取り直して私たちをからかおうとした。

「ははっ、それにしても真実の愛が呪いを解くとはよく言ったものだな。図らずも、二人にとってはそうなったということか」

「笑い事じゃないですよ、フェリクス様。どうなることかとちょっと不安だったんですから」

今度は私がじとりとした目を向けると、王子様は困ったように視線を逸らす。

「いや、まぁこうして笑えることはいいことだろう？　アナベル嬢はエルヴァスティに売られずに済み、リュカは愛する者と出会い、それに教会の腐敗を正す機会にもなった。すべてが丸く収まったではないか」

「それはまぁ、そうですけれど」

あれから教会は上層部が一新し、清く正しく神の御導きに従う組織に生まれ変わろうとしているらしい。

教皇様は呪いが解けたことで回復し、これからはしっかりと役目をまっとうすると誓ったそうだ。

ミスティアからは、教会での待遇がよくなっておいしい食事も食べられていると聞いている。

「大司教がやったことは許されないことですが、結局のところ丸く収まったんですよね？」

私がそう尋ねると、フェリクス様はため息交じりに頷《うなず》く。

「膿《うみ》を出し切るのは大変だが、前よりはよくなるだろう。それに、王家が教会に乗っ取られるようなことがあってはならない」

大司教のことは、昨夜アーヴィスさんから報告があった。

カステリオ侯爵家の三男として生まれた彼は、若かりし頃、王女様と密かに恋仲だったらしい。

「恨みって怖いですね」

「あぁ、本当にな」

大司教と恋仲だった王女様は、現国王の姉。フェリクス様にとっては、伯母にあたる人だ。二十年も前に隣国へ嫁いでいるので、大司教と恋仲だったのはまだ十代のときのことだと思われる。

「いくら名家の子息でも、三男では家を継げない。王女を娶《めと》ることは不可能だ。先代国王、つまりは私の祖父《じい》様やその側近は何としてでも二人を別れさせようと動いたそうだ。王女には隣国の王子との結婚を、大司教には教会での要職を……。別々の道を用意した」

「悲恋ですね」

だからって、何してもいいってわけじゃないけれど。

大司教は、寝所で私たちに「真実の愛など、この世に存在しない」と言った。あの言葉が思い出され、私は虚しい気持ちになる。

重苦しい空気の中、リュカ様が少しだけ哀れみを滲《にじ》ませて言った。

「本人亡き今、推測の域を出ない話ではありますが、彼は己の力のなさを嘆き、王家を恨み、何もかもを手に入れようとしたのでしょうね」

今回の一件は、事件として記録されないことになっている。

王族を狙った教会幹部の起こした事件など、公《おおやけ》になんてできるわけがない。

犯人は謎の組織がでっち上げられ、私たちはフェリクス様の呪いを未然に防いだということになっている。

本当の犯人の一人であるエルフリーデ嬢は、父親のカステリオ侯爵がその身柄を引き取った。大罪人ではあるものの、本人は肉体が老化したショックで正気を失ってしまい、物言わぬ人形のようになっているらしい。

彼女は王都から離れ、静かに余生を過ごすという。

思い出すと心が沈んでしまうので、私は話題を変えた。

「それにしても、なぜ私が『大聖女』なんていう肩書きを……？」

頭に載せている大粒のダイヤが光るティアラが重い。

リュカ様の呪いを解いたこと＝王族を守った、という理由をつけて、フェリクス様は私を大聖女の地位に押し上げたのだった。

「上級聖女をすっ飛ばして大聖女って。しかも二百年ぶりでしたっけ？　なんていうことをしてくれたんですか」

泣き言を言うと、リュカ様がそっと肩を抱いてくれる。

私はフェリクス様に見せつけるように、彼に寄り掛かった。

「アナベル、よく似合いますよ。ドレスもティアラも」

「ありがとうございます。リュカ様、大好きです」

私たちは幸せです、と周囲にアピールするように微笑んでみる。

こうなると、やはり王子様は冷静さを装っていられなくなるようで……。

「わざとやってるだろう⁉　だいたい大聖女という肩書でも与えないと、教会上層部を一掃する大義名分にならなかったんだ！　確固たる地位が与えられればリュカとの結婚も認められるし、持参金も用意できるし、いい案だったと思うが？」

まぁそうなんだけれど。

私がフライパンを持って大司教を襲撃したことは隠蔽され、王族を呪おうとした謎の組織を退治するのに尽力した心優しき聖女ということになっている。

聖騎士の呪いを愛の力で解き、二人は幸せに……という民衆が喜びそうな物語も添えて。

リュカ様との婚約発表はまだだけれど、大聖女なんて大層な肩書きをもらってしまったら、身分差は解消されてもほかの問題が出てくるんじゃないかって心配にもなる。

「それにそなたが願ったんだぞ？　リュカに褒美を、と。そのリュカが『アナベルが貴族社会でも幸福に生きられるよう、侮られない称号をくれ』と希望したんだ。こっちは一生懸命考えたのに」

「それはまぁありがとうございます？」

「なんで疑問形なんだ」

「いや～、大聖女ってイメージがあるじゃないですか？　マフィアなら花に水やっただけで好感度が上がるのに、大聖女はちょっと人を殴ったら『イメージと違う』って言われそうで」

「殴るな。大聖女である前に、まっとうな一般市民として生きろ」

フェリクス様に突っ込まれ、私は遠い目になった。

「仕方ないですね。もうここまで来たら、巻き込まれて差し上げますよ。なんか困ったことがあったら声かけてください。リュカ様にご褒美くれるならお手伝いしますので」

花祭りからわずか三ヵ月。

自分を取り巻く環境も、気持ちも、何もかもががらりと変わってしまって何がなんだか……。

ちょっとついていけていない感じはあるけれど、もう諦めて前を向くしかない。

「それでは失礼いたします」

「あぁ、またな」

フェリクス様の私室を出ると、すでに顔見知りになりつつある聖騎士たちがいた。

彼らにも会釈をして、リュカ様と二人で廊下を歩く。

横顔をちらりと見ると、今日も私の婚約者は格段にかっこいい。すっかり元通りになったリュカ様は、どこからどう見ても素晴らしい聖騎士だった。

「アナベル、どうかしましたか？」

見つめすぎて、何か用事でもあるのかと思われてしまった。

私はくすりと笑って、「いいえ」と答える。

「幸せだなぁって思っていました」

世の中、そう捨てたものではないみたい。

聖女になってよかった。今なら心からそう思える。

満面の笑みを向けると、リュカ様もうれしそうに目を細めた。

「私もですよ」

そんな風に言われたので、つい調子に乗って悪ふざけをしてしまう。

「やだ、リュカ様ったら……！　幸せだとか好きだとか愛してるとか」

「え？」

「も～、困ります～。世界で一番かわいいとかそんな」

きゃっと照れたふりをして、リュカ様の突っ込みを待った。そんなこと言っていません、と言うのを期待して。

けれど、彼はなぜかちょっと困惑していた。

「リュカ様？」

予想外の反応に、私は瞬きを繰り返す。

「いいえ、なぜ思っていることがわかったのかと……。もしや無意識に口走っていましたか？」

「へ？」

まさかの回答に、一気に顔に熱が集まってくる。

この展開は予想していなかった！

「えーっと、いいえ、あの、冗談だったんですが、リュカ様がまさかそんな感じで来るとは思いもよらずでして」

もごもごと口ごもる私を見て、リュカ様は柔らかな微笑みをくれた。

「そうでしたか。どれも本当に思っていたことだったので、まさか冗談とは思いもしませんでした」

「!?」

神様。どうしてこのように清らかな人を私なんかに……？

「光っている三日間、ずっとアナベルに会いたいと思っていました」

すごいセリフだわ、光っている三日間って。

今も神々しいくらいに素敵で、ちょっと直視しにくいくらいだけれども。

「こうして元通りの身体《からだ》になり、アナベルにまた触れられて本当にうれしいです」

彼は私の髪をそっと撫《な》でると、甘やかな目を向けてくる。

誰かに特別に想われる経験がなかった私は、リュカ様の愛情を受け止めることも受け流すこともできず狼狽《うろた》えてしまった。

「あの、すみません。ちょっともう眩《まぶ》しすぎて耐えられません……！」

恥ずかしくて俯《うつむ》いていると、リュカ様はくすりと笑った。

そして、唐突に話題を変えてくる。

「アナベル、少々お付き合いいただきたい場所があるのです」

「え？　これからですか？」

「はい」

今日の予定は、フェリクス様とのお話だけだったはず。

きょとんとすると、リュカ様はにこりと笑って私の手を引いて歩き出した。

「邸《やしき》に戻って、着替えてから出かけましょう」

めずらしく強引なリュカ様に疑問を浮かべつつも、私は言われた通りに着替えてから出かけるのだった。

◆◆◆

澄みきった青空に、きらきらと光が反射する湖。

リュカ様とやってきたのは、真実の愛を見つけるために親睦を深めようとして出かけたあの森だった。

あのときと同じように彼の愛馬に二人乗りして、ゆったりとしたペースで進んでいく。

「どうしても今日、アナベルをここへ連れてきたくて」

「そうなんですか？　今日って何か特別な日でしたっけ？」

一緒にいられるのはうれしいので、こういうおでかけなら大歓迎だ。

昼下がりの優雅な散歩と思って、私は彼の胸に頭を寄せる。

ところがしばらく進んでいくと、まだ湖畔までは少し距離があるのに馬の足が止まる。

「リュカ様？」

見上げると、彼は少し微笑んで湖畔へ目を向けた。

そちらに何かあるのか、と思って私も視線をやると、そこには懐かしい人たちとつい先日会ったばかりの弟がいた。

「アレックス……。おじさん、おばさんも」

三人ともこちらの存在に気づいている。

ここで私を待っていたということらしい。

「さぁ、アナベル」

先に降りたリュカ様は、私にそっと手を差し伸べて言った。

「数日前に、アレックスから連絡があったのです。あなたに会いたいと」

「私に？」

「ええ、養父母のお二人が全部話したそうですよ。生みの親は別にいて、アナベルという姉がいることを」

誘拐事件をきっかけに、すべてを知ったアレックス。一体どう思っただろう。

フライパンを持って教会を襲撃するような姉がいるってことを!!

「うわぁ……。こういうときってどうすればいいんでしょう」

自分がやらかしたことを思い出し、私は頭を抱えた。

いくら何でもあれが再会ってダメでしょう！

どうしたものかと迷ったけれど、とりあえず馬から降りる。

「行かなきゃダメですか？」

帰りたい。

なかったことにしたい。

私がいなくても彼らの幸せは成立しているんだから、今さら……。

渋る私を見て、リュカ様はあははと明るく笑った。

「大丈夫ですよ」

そっと背中を押され、私は渋々彼らのもとへ歩いて行く。

ブーツが芝生を踏みしめる音がやけに大きく感じ、緊張感が高まった。

一体何を言えばいいんだろう。

混乱を極めた私が無言で近づいていくと、こちらが何か言う前におじさんとおばさんは目を潤ませた。

「アナベル……！　大きくなって……！」

「あぁ、ミレダさんにそっくりだわ。なんて可愛らしい」

ミレダは私の母の名前だ。どうやら私は母似らしい。

いや、今はそんなことはどうでもいい。

ん？　そもそも、なんでアレックスがリュカ様に連絡することができたんだろう。

「あの……えっと、久しぶりですね？」

緊張で、口元が引き攣《つ》っているのがわかる。

オーレリアンさんと一緒に『気の利く人間になる方法』という本を読まなかったことを真剣に後悔した。

別にいい子ぶっても仕方がないけれど、もっと何か言うことがあったでしょうと心の中で突っ込まざるを得ない。

「姉ちゃん」

「アレックス」

明るいところでまじまじと弟の顔を見ると、やはり私たちはよく似ていた。

これで姉弟じゃないっていうのはちょっと無理があるな、と今さら思う。

「あれから大丈夫だった？」

何気なくそう尋ねると、アレックスはコクンと頷く。

「平気」

「そう」

この子も私と同じく戸惑っているんだろう。

それでも、拙いなりに状況を説明してくれた。

「誘拐されて、家に戻ったら……、その、実は姉ちゃんがいるんだって父ちゃんと母ちゃんから聞いて。そのときに、全部聞いた。本当は父ちゃんのいとこが俺と姉ちゃんの親だってことも、姉ちゃんが一人で借金背負って教会に入ったことも」

誘拐事件を、人違いだと言ってごまかすこともできたのに。

おじさんとおばさんは、全部本当のことを話したそうだ。

「ごめんなさい、アナベル。まだ小さかったあなた一人にすべてを背負わせて……！　私たちにお金がないばかりに、教会でつらい思いをさせてしまったわ」

おばさんは泣いていた。

私もついもらい泣きをしてしまう。

「いいえ、借金は私の両親のものですから……、おばさんたちがそんな風に言ってくれるだけで十分です。それに、アレックスはこんなに大きくなって……。ありがとうございました」

教会に入って十一年。嫌なことだらけだったけれど、まさか報われる日が来るなんて。

おじさんもおばさんも、私を覚えていてくれた。後悔していた。本当にもう十分だと思った。

涙を拭って顔を上げると、アレックスが少し離れたところで待っているリュカ様を指差して尋ねる。

「ところで、姉ちゃんってあの人の何なの？　メイド？　護衛？」

「護衛って」

「だってこのあいだフライパン持って一緒にいたから」

どこの世界にフライパンで護衛する聖女がいるんだ。

でも弟からすればあれが姉との再会なんだから、意味不明というのはわかる。

「あ、そういえばどうしてリュカ様に連絡できたの？」

「このあいだの夜、あの騎士様が連絡先を教えてくれていたんだ。何か困ったことがあったら、すぐに連絡してくれって」

「ええっ、いつの間に」

私が知らない間に、アレックスに連絡先を渡していたなんてびっくりだった。

馬を撫でているリュカ様は、私たちが揃って見つめていることに気が付いて会釈をする。

「実は婚約したの。私、リュカ様と結婚するのよ」

あんな素敵な人と結婚できるなんて、すごいでしょう。

ちょっとだけ自慢げな雰囲気を醸し出すと、弟は驚いた顔をして、そのあとすぐになぜか哀れみの目を向けてきた。

「いいよ、そんな見栄はんなよ……」

嘘《うそ》だと思われている!!　いくらなんでも失礼じゃない⁉

私は前のめりで訴える。

「は？　本当だから。リュカ様と結婚するのは真実だから」

しかし、弟はますます悲しげな顔をした。

「姉ちゃん、俺は知ってるぜ。ちょっと護衛したくらいじゃ、平民とお貴族様は結婚できないんだ。いくら姉ちゃんがあの人を助けても、そんな夢みたいなことは起きないんだよ」

ダメだ。まったく信じていない。

私はリュカ様に声をかけて、こっちに来てもらう。

彼は馬をつないでからやってきて、私の隣に立った。

「リュカ様、弟が信じてくれないんです」

「何をです？　アナベルが姉であることは、こちらの養父母《ごりょうしん》から話があったのでは」

彼は不思議そうな顔をした。

まさか結婚話が疑われているとは思っていないだろう。

けれど事情が飲み込めていない中でも、彼は紳士的に挨拶をする。

「ご挨拶が遅れました、私は聖騎士のリュカ・ルグランと申します。アナベルの婚約者です」

「「「ええええ⁉」」」

三人がよく似た顔つきで、同じ反応をした。

おじさんたちまで信じていなかったんだ、とちょっと複雑な心境である。

「だから言ったでしょう？　私はリュカ様と結婚するの。これ本当」

どうだ、奇跡は起きるんだ！

ない胸を張ってみる。

リュカ様はそんな私に優しい眼差しを向けてくれている。

「ほ、本当に……？」

おじさんから再度確認が入った。

リュカ様は笑顔で答える。

「はい、勝手ながらアナベルと婚約いたしました。お三方には、アナベルの家族としてこの結婚をお許しいただきたく存じます」

神々しいオーラを放つリュカ様は、おじさんたちに丁寧に許可を求めた。

「生涯、アナベルを愛し、大切にすると誓います。どうかお嬢さんとの結婚を認めてください」

どこまでも真摯でまじめなリュカ様は、私のためにわざわざこの場を設けてくれたのかも。

ただし、おじさんは立ったまま気絶していた。

「父ちゃん、しっかりして‼」

「あなた！」

結局、おじさんは使い物にならなかったので、おばさんからしっかりと許可をいただいた。

リュカ様は「結婚式にはぜひ参列してください」と言って、また後日ゆっくりと過ごす時間を取ることで本日の再会は終了となる。

「姉ちゃん」

「何？」

帰り際、辻《つじ》馬車を拾う道まで送ったところでアレックスが私を呼び止めた。

「もしも相手の家族にいじめられたり、浮気されたり、愛人が乗り込んできてややこしいことになったら、すぐに帰ってきていいからな？」

「その優しさが逆につらいわ。なんでトラブルが起こること前提なのよ？」

真剣な顔で何を言うのかと思えば、弟に本気で心配されていた。

「だってこんなにかっこよくて貴族で金持ちで、しかも聖騎士なんだぜ⁉　何かの間違いとしか思えない」

「あんた本当に失礼ね。さすがは私の弟って思うけれど、あいにくその心配はないわよ」

「だといいけどさ」

これればかりは、今すぐ実証することはできない。

何年もかけて信用してもらうしかないだろうな。

できれば弟の想像は全部外れて欲しい。

「じゃあ、またね。元気で」

「うん、姉ちゃんもな」

弟たちに手を振り、辻馬車が見えなくなるまで見送った。

リュカ様はそっと寄り添ってくれていて、最後までそばで付き合ってくれた。

「ありがとうございます。弟に、家族に会わせてくれて」

心からのお礼を伝えると、彼は笑顔で頷く。

「私もきちんとご挨拶をしたかったので。アナベルとの結婚を認めてもらえてよかったです」

リュカ様が相手で反対する人なんていないのかしら。

私はくすりと笑った。

しかしここで、リュカ様からさらなる事実が告げられる。

「私の家族にも会っていただけますか？　そろそろ邸に着くと思うんですが」

「え？」

リュカ様の家族。

ルグラン侯爵ご夫妻のことだというのはすぐにわかった。

確か、遠く離れた領地で暮らしてるはず……。

「え？　着くって、着く？」

「はい。連絡をもらったのが今朝でして。すみません、話すのが遅くなりました」

「え？　え？　え？」

混乱を極めた私は、疑問の声しか口から出なかった。

リュカ様は笑顔で私の腰に手を添え、一瞬で持ち上げて馬の背に乗せる。

「さ、帰りましょう。あぁ、心配しなくても大丈夫ですよ？　両親は今さら結婚を反対したりしませんので」

それにしても、事前に知りたかった。

いや、でも知っていたらずっと緊張してたかもしれない。

「いよいよ結婚が現実味を帯びてきましたね、アナベル」

「はぁ」

リュカ様は上機嫌だった。

うん、まぁそれならいいか……。

私は何事も深く考えないようにして、無心で馬に揺られていた。


私たちがルグラン邸に着いた頃、すでに陽は傾きかけていた。

見覚えのない顔ぶれの使用人が荷物を運びこんでいたり、護衛騎士が増えていたり、リュカ様のご両親が到着済みだということが窺《うかが》える。

「おかえりなさいませ、リュカ様。アナベル様」

正面玄関から入ってすぐ、恭しく出迎えてくれたのはオーレリアンさん。

聖紋を入れたことによって無駄に神聖力が高まってしまった従者は、すっかりしおらしくなってこれまで以上の仕事ぶりを見せている。

彼に「アナベル様」と呼ばれるのはまだ慣れない。

「ただいま戻りました。それで、あの」

ご両親は、と私が尋ねる前に女性の悲鳴に似た声がした。

「リュカぁぁぁぁ!!」

「⁉」

階段を走って下りてくる女性。

薄茶色の髪を上品に結い上げたその人は、リュカ様によく似た優しげな顔立ちで。

「母上」

大泣きしている母を見たリュカ様は、突然のことにちょっとたじろいでいる。

けれどそんなことはお構いなしに、こちらまで一気に駆けてきたお母様はリュカ様に抱き着いた。

「もう心配で心配で……! 呪いが解けたって聞いて慌ててこちらへやってきたのよ!」

お母様はわんわん泣いて、息子との再会を喜んでいた。

「少し落ち着きなさい、ミーシャ」

「父上」

「もうずっと興奮状態で、早くリュカに会いたいと泣きわめいて大変だったんだ」

後からゆっくりやってきたダンディな人が、リュカ様の父であるルグラン侯爵様。金の髪が柔らかそうで、リュカ様にそっくりだ。

お父様は、私と目が合うとかすかに微笑んでくれた。

元聖騎士だとは聞いていたけれど、今でも十分戦えそうなほど凛々《りり》しく頼もしい風格で、私は圧倒されながらも慌ててカーテシーをする。

お母様はその間もずっと泣き続けていて、リュカ様の顔をしっかり見て無事を確認していた。

「本当にあなたって子は……！　どれほど心配したことか」

リュカ様が呪われたことは手紙で連絡を受けたので当然ながらご存じで、私と急ぎ婚約した事情もご存じだった。

すぐにでも息子の顔が見たいと思っていたのだが、「絶対に来てくれるな」とリュカ様から念を押され、これまで領地でじっと解呪の報を待っていたんだそうな。

「すぐにでも駆けつけたかったわ……！　大事な一人息子の一大事ですもの！　けれど、リュカったら『両親がやってくると真実の愛を見つけるどころではなくなるから』って。いきなり舅《しゅうと》と姑《しゅうとめ》になる存在が出てきたら、アナベルさんが負担に感じてしまうからって」

そういえば、最初は真実の愛を見つけて呪いを解こう、という話だった。

確かにその時点でご両親が登場していたら、無意識に圧力を感じていたかも。だって、「うちの息子はあなたに惚《ほ》れなければ死んでしまうんです」っていう切羽詰まった状態だもんね。

リュカ様の判断は正しかった。

心の中で密かに感謝する。

「母上、心配をかけてすみません。でもこの通り、もう完全に治りました」

息子の元気な姿を見たお母様は、ようやく落ち着きを取り戻す。

そして、意識は私の方へ向かった。

「ありがとう、アナベルさん！　本当にありがとう……‼」

お母様は化粧が完全に落ちるくらいボロボロと泣いていて、私ももらい泣きしそうになる。

自分が生んだたった一人の息子が呪われたなんて聞けば居ても立っても居られなかったというのはわかるし、命が助かって心底ホッとしただろう。

「いえ、あの、こちらこそこのようなことになって……、婚約となってなんだかすみません」

「何を言っているの！　リュカと真実の愛を見つけてくれたんでしょう⁉　あぁ、それにようやくリュカが結婚する気になって心からうれしいのよ」

しまった。具体的にどうやって呪いを解いたかは、手紙で知らせていないんだった。

真実の愛を見つけなきゃいけないのはフェリクス様だったのに、それをご両親は知らない。

ちらりとリュカ様を見ると、彼は苦笑いで首を横に振る。

真実の愛のことに関しては、もう話さなくていいということなんだろう。

一応は王族を狙った事件だったわけで、聖騎士のリュカ様には守秘義務がある。己のことだとはいえ、両親にも詳細を明かすことはできない。

言っていいのは、庇《かば》って呪われたけれど結局は解くことができたという一連の流れだけだ。ただし、それすらも一部の者だけが知る秘密であり、公にはできない。

まぁ、もしもご両親が真実をすべて知ったとしても、なんだか気さくで優しそうな人たちだし、結婚を反対されることはなさそう。むしろ歓迎されている感じがして私は安堵《あんど》した。

「そうそう、お土産をたくさん持ってきたのよ！　ぜひ見てもらいたいわ」

「お土産ですか？」

「ええ！　これから結婚するとなれば色々と物入りでしょう？　衣装や装飾品もたくさんあった方がいいし、早く孫の顔も見たいし、ひ孫も見たいし、お墓も作らなきゃ」

「展開が早いです！」

そういえば、王侯貴族は結婚したときに墓を作る慣習があるって聞いたことがあった。

自分が貴族に嫁ぐなんて思ってもみなかったから、いきなり墓の話をされてびっくりだ。

「母上、アナベルにあまり負担をかけないでください。これからのことは、また追って話をすればいいですから。それにここは玄関なので」

そうだった。まだ私たちは帰宅してすぐで、ここは玄関だった。

お母様もようやくそれに気づき、急にトーンダウンする。

「ごめんなさい、ついうれしくて」

「一度、部屋に戻ろう。晩餐《ばんさん》の席でまた話をすればいい」

リュカ様のお父様は、そっと妻の肩を抱いて二階へ向かった。

晩餐をご一緒するということは、このまま部屋でぐうたらする時間はないようだ。

「私たちも部屋へ戻りましょう。すみませんが、数日間は両親と過ごすことになりそうです」

「わかりました」

家族というものに縁がなかった私には、とても新鮮だった。

リュカ様のご両親はいい人そうだし問題ない。

「楽しみですね、ご両親との晩餐」

笑顔でそう告げると、リュカ様は安堵したように微笑んだ。

ご両親との晩餐はとても楽しい時間だった。

お父様はリュカ様と雰囲気が似ていて、落ち着きのある紳士で優しい人。お母様は笑顔の多い、いい意味で庶民的な方だと思う。

由緒正しい家柄の生粋の貴族という情報しかなかったので、小説や世間の噂話《うわさばなし》で聞くような「この小娘がっ！」みたいな典型的な罵倒や諍《いさか》いのある世界かと思いきや、意外にもざっくばらんなお話ができるフランクな人たちで安心した。

リュカ様曰《いわ》く、普段は国境に近い領地で暮らしている両親なので、地元の豪商や平民とも付き合いがあり、普通の貴族家よりはゆるゆるな環境らしい。

ただし、身分や学力よりも武力を重んじる雰囲気があって、聖騎士になれないとかなり肩身が狭くなるんだとか。

今さらルグラン家について勉強しなおさないと、と不安がよぎる。

「もしも子どもができて、その子が武芸がからっきしだったら困りますね」

漠然とそう呟《つぶや》くと、リュカ様はきょとんとした顔で言った。

「大丈夫かと思いますよ？　アナベルは壁もよじ登れるくらいですし、足も女性にしてはかなり早いですよね？　どちらに似ても不安はないかと」

「リュカ様⁉」

ご両親の前でとんでもないことを暴露されてしまった。

ドキドキしてお二人の顔を見ると、特に驚いた様子もない。

「アナベルさん壁を登れるの？　すごいわ、身軽なのね！」

お母様はなぜか喜んでいた。

普通は「そんなはしたないことを」って諫《いさ》められるはずなのに、もしかして褒めて伸ばす教育方針なのかもしれない。

それからも何気ない会話をして、二時間ほどの晩餐は終了した。

私は自分の部屋に戻り、お母様のお土産の山を眺める。

シェリーナはまだ片付けに追われていたけれど、今日中に片付けるのは無理なので早めに休んで明日がんばろうと言って彼女の部屋へ帰した。

「ドレス、ドレス、ドレス、ドレス……。こんなに着られるかな」

クローゼットには、色とりどりの衣装がかけてある。

身体は一つしかないのに、ここまで用意するとはさすが貴族。

教会にいたときは支給品のワンピース三着を着まわしていたので、そもそも衣装でクローゼットが埋まるという事態が異常に感じた。

「うわぁ、これはまた気合の入った……」

お母様は、未来の嫁のためにネグリジェもいっぱい揃えていた。

いずれも生地の薄い、扇情的なデザインのものを。

私はそれらをまじまじと見つめ、続いて自分の胸に視線を落とし、スッとネグリジェを箱に戻す。

うん、これはあれですね、豊満なボディをお持ちの方が着る衣装ですね?

私が着ると、スカスカなことが予想される。

「よし、寝よう」

部屋着として使っている薄青色のナイトドレスのまま、私はベッドに飛び込んだ。

しかし数分後、リュカ様のことがふと頭に浮かぶ。

「眠れるのかな」

呪いは解けたとはいえ、まだ療養は必要なはず。

神聖力で安眠効果を付与し、ゆっくり眠ってもらった方がいいと思った。

私はむくりと起き上がると、自分の寝室を出て隣の部屋へ。

ちょっと冷える廊下に出てから、リュカ様が使っている寝室に入る。

――コンコン。

ノックをするも返事はなく、もう眠っているのかと思った。

ちょっと寝顔が見たくなってしまい、そっと静かに扉を開ける。

「あれ?」

寝室は真っ暗で、そこには誰もいなかった。まだ執務室で仕事中なのかもしれない。

私は寝室の奥に進んでいき、執務室へとつながる扉をノックする。

「……はい」

リュカ様の声がした。

私は自然に笑顔になり、躊躇《ためら》いなく扉を開ける。

「アナベルです、入ります」

執務室に入ると、眩しさにちょっと目を細めた。

リュカ様は執務机の前に座っていて、机の上には書類や手紙が積んである。

「どうしました？　何かあったんですか？」

「いえ、リュカ様はもう眠ったかなって気になって」

私の来訪に驚いていたリュカ様は、何事もないとわかるとちょっとホッとした顔をした。

ふと視線を彼の手元へ落とすと、そこにあった文字が目に留まる。

「縁談のお断り？」

「あ……」

「まさかこれ全部ですか？」

私との婚約は、まだ公表されていない。

呪いのことがあったので、結婚の具体的な時期が決まっていないのだ。

リュカ様はすぐに立ち上がり、慌てて私に説明する。

「縁談はすべて断ります！　私はあなたと婚約したんですから」

「あ、はい。ありがとうございます……？」

「本当です！　やましいことなど何一つありません」

「大丈夫です、疑っていませんから」

私が笑って見せると、リュカ様はホッとした表情に変わった。

いつも冷静なリュカ様が慌てるさまはちょっとかわいい。

「それにしてもすごい量ですね」

机の上に視線を戻すと、リュカ様は少し呆《あき》れたような声音で答える。

「前の婚約を解消して三年ですから、そろそろ本腰を入れて婚約者探しをと親戚筋が盛り上がってしまっているようで。頼んでもいないのに、ご令嬢方の姿絵や身上書が……」

「貴族って大変なんですねぇ」

リュカ様のお父様はお母様一筋らしいが、制度的にはルグラン家のような上流貴族なら複数の妻を持つことができる。むしろ、妻が一人だけという方がめずらしいのだ。

私は机の上にあった書類を手に取り、それに目を通す。

「すごいですね。露骨に『愛妾《あいしょう》でも可』って書いてある」

リュカ様はため息交じりに「そうですね」と言った。

そして私の手からその書類を奪い、ほかのものに重ねて置いた。

「私はアナベルだけを愛しています。ほかのご令嬢を娶るなど、想像したくもありません」

そっと肩に手を添えられ、頬にキスをされて一瞬ドキッとしてしまう。

そういえば今日はずっと誰かと一緒だったから、こんな風に二人きりの時間は久しぶりだ。

リュカ様は私が何も言わないでいると、長い髪を一束取って自分の口もとへ近づける。

風呂上がりで血色のよくなった肌がなんだか色っぽくて、直視しにくい。

「アナベル？　怒っています？」

「え？　何がですか？」

しまった。ドキドキしすぎて無言でいたら、勘違いされた。

今度は私が慌てて否定する。

「怒ってなんていません！　縁談に関しては、平民との文化の違いを実感して呆気《あっけ》に取られているだけです」

「そうですか……」

自分の心音が妙に大きく聞こえ、私はふいと目を逸らした。

「あの、でもその文化が違うので何といいますか……。本当に、私一人でいいんですか？　リュカ様の気持ちを疑っているとか不安だとかそういうことではなくて、山のようにお話が来ているのに全部断ってリュカ様の立場が悪くならないのかと心配です」

貴族社会には、お付き合いというものがあるだろう。

私には想像もできないような人間関係があるのでは、と思った。

「私は平民なので、複数の妻がいるっていう状況がいまいち理解できませんが、もしリュカ様にとってほかにも妻を迎える必要があるなら」

「アナベル」

私が我慢すればいいだけのこと。

そう口にしようとしたら、鋭い声で遮られた。

リュカ様はいつも穏やかで優しいから、こんな風に感情を声で表すことはめずらしい。

驚いて顔を上げると、そこには相反してものすごく笑顔の彼がいた。

「私は、誰にもアナベルとの結婚を邪魔されたくありません」

「リュカ様、めちゃくちゃ怒っていますね⁉　ごめんなさいごめんなさい」

笑顔なのに威圧感がすごくて、私は思わず謝罪の言葉を口にする。

けれどリュカ様は、おおげさなくらい悲しげに言った。

「私は不安です。アナベルがいつかここからいなくなってしまうのではないか、と」

「え？　そんなことはあり得ませんよ」

帰る家もないのに。目を瞠《みは》る私に、リュカ様は一瞬にして顔を寄せチュッと触れるだけのキスをする。

「えーっと、リュカ様？」

恐ろしく整った顔が目の前にあり、彼はじっと私を見つめている。

何も後ろ暗いことはないのに、なぜか逃げたくなってしまった。

「私がどれほどあなたを好きか、知らないわけではないでしょう？」

「えええ」

「逃げられないように捕まえておきたいなど……、馬鹿げた感情だと思いますか？」

「いえ、そんなことは思いませんけれど」

じりじりと追いつめられるみたいで、私はつい目をそらす。

リュカ様は動揺する私を見て、ちょっとおもしろがっている感じがした。

「前に言いませんでしたか？　そんな恰好《かっこう》で男の部屋に来てはいけないと」

「はい⁉」

聞いたような気がするけれど、それが今関係ある？

一歩下がろうとした私は、机に阻まれて身動きできない状態になっていることに気づく。

後ろには机、前にはリュカ様。

では横に逃げようかというところで、長い腕に絡めとられて抱き締められる。

「リュカ様⁉　ひゃっ」

首筋を甘噛《あまが》みされ、つい悲鳴が漏れた。

なんだか恋人同士みたい、なんだか恋人同士みたい！　どうでもいいことが頭の中を駆け巡る。

「アナベルがかわいいのが悪いのです。私のせいではありません」

「なんで私のせいにするんですか⁉」

「あなたが言ったんですよ？　もう少し人のせいにすることを覚えた方がいい、と」

「今このタイミングでそれを言いますか⁉」

逃げる隙を与えない、強引なキス。

後頭部にしっかりと手を回されれば逃げようがない。

「んんっ……！」

今度こそちゃんと鼻で息はできたけれど、女性として愛されているんだと、求められているんだと気づくと頭が真っ白になった。

落ち着いて、落ち着いて、神聖教本を思い出せ！

神の教えを書き綴《つづ》ったというおもしろくもなんともない教本。今にも煩悩に負けそうになって「抱いてください」とか言ってしまいそうだけれど、教本の内容を思い出すことでどうにか理性を保とうとする。

けれど、リュカ様はやめる気はなさそうだった。

唇が離れると、今度は首筋や鎖骨にキスをし始める。

「待って、くだ、さい」

平民は結婚前に一線を越えることも多いと聞くけれど、いいの⁉　貴族ってそういうの、いいの⁉

「こんな……いいんですか？」

熱に浮かされたように潤んだ目で尋ねると、彼は切なげな声を上げた。

「ダメですか？」

「――っ！」

いつかの求婚のように、上目遣いでお願いされると私は弱い。

「ダメじゃないです、お受けします」

即答しちゃった自分が憎いっ‼

愛する人の前では、私の理性などガラスくらいの脆《もろ》さだった。

リュカ様は流された私を見て、ぷはっと噴き出す。

その仕草もまた素敵すぎて、もうどうにでもしてくださいと思ってしまった。

「では、寝室へ行きましょうか」

ひょいと抱き上げられ、私は思わず縋《すが》りつく。

心臓がバクバクと激しく打ち付けていて、今にも意識が飛びそうだった。

ふかふかのベッドの上に仰向けに下ろされると、もう何も考えてはいけないと自分に言い聞かせる。

「アナベル、愛しています」

幸せ過ぎて、死ぬ。

いや、死ねない。

リュカ様を幸せにしなくては。

「私、責任取りますから……！」

「それは私の言うことではないでしょうか？」

彼は幸せそうに笑い、何度も優しくキスをした。

◆◆◆

教会本部と隣接する煌《きら》びやかな神殿には、今日も大貴族たちがこぞって祝福を受けにやってくる。

「大聖女様、どうかわが一族の繁栄をお支えください」

光沢ある薄布の向こう側には、見ず知らずの紳士が跪《ひざまず》いていた。

ご神体に祈りを捧《ささ》げるために遠路はるばるやってくる人はこれまでもいたけれど、二百年ぶりに現れた大聖女様をひと目でいいから見てみたいという人は多いらしい。

『わかった。そなたに祝福を授けよう』

「ありがとうございます！」

『よき行いをすれば幸福が、悪しき心に蝕《むしば》まれれば災いが、心しておけ』

もう何十回言ったかわからない定型文を、頰杖《ほおづえ》をつきながら言ってみた。

隣で控えているミスティアが、「見えないからってそんなにだらけていいの？」と目で訴えかけてくる。

――ゴーン……、ゴーン……。

正午を告げる鐘が鳴った。私の仕事は、今日はここまでだ。

そろそろリュカ様が迎えに来てくれるだろう。

スッと立ち上がると、頭に被っていた冠をミスティアの頭に勝手に載せた。

「え⁉」

「あとはよろしく」

どうせ薄布があるから、信者からこちらは見えない。

こんな形ばかりの儀式は、誰がやっても同じなのだ。事実、本当に私が座っているのは週二日であり、あとは誰かが影武者ならぬ大聖女代理を務めている。

ミスティアは渋々といった感じではあるが、それでもまんざらじゃない顔をして、さっきまで私が座っていた椅子に腰かけた。

それを見届けた私は裏口から抜け出して、二階の廊下を通って大聖女の控室へと入る。

「この時間だと、正面突破は無理かな～」

歩きながら、ポイポイと装飾品を落としていき、身軽になったらバルコニーへ。

窓を開けると、爽やかな風。木々や花の香りがすがすがしい。

「んー！　今日もがんばったぁ」

両腕を上げて伸びをしていると、ちょうどリュカ様が真下に現れた。

「アナベル、もういいのですか？」

聖騎士の隊服を着た彼は、今日も抜群にかっこいい。

愛しい人の姿を見つけた私は、にんまりと笑みを作った。

「はい！　今日はもうミスティアと交代です」

そして、勢いよくスカートをたくし上げ、バルコニーの柵を乗り越える。

「リュカ様、受け止めてください！」

手すりから手を離すと、私はふわりと身を投げ出す。もう何度目かの飛び降り逃亡なので、リュカ様はまったく慌てずに私のことを抱きとめてくれた。

ドサッという音と少しの衝撃の後、目を開けると苦笑いするリュカ様の顔が目の前にある。

「うちの大聖女様は困ったものですね」

「でしょう？　リュカ様じゃないと支えきれません」

ふふっと笑って答えると、彼もまた微笑んでくれた。そして、うれしい報告をくれる。

「今日ようやくお許しが出ました。結婚式は二ヵ月後です」

「二ヵ月後⁉　そんなに無理が通ったんですか」

「半年は待てと言われるかと思ったのですが、やはり『一線を越えてしまったので』という言葉が効きました」

「さすがリュカ様、日ごろの行いがよかっただけあって無理が通りますね」

私たちが婚前交渉をしてしまって、すでに一ヵ月。

大聖女として人々に祝福を授けるというお役目はともかくとして、私と結婚したいという申し出が山ほど来ているという。

一部には、フェリクス様の妃にどうかと薦める声まで上がったそうだ。

私はリュカ様じゃないと嫌だし、なにせフェリクス様に全力で遠慮された。それはもう、脱兎《だっと》のごとく……。

「絶対に手放さないと決めていましたから」

リュカ様はあの日すでにこうなることを予想していて、強硬手段に出たのだ。

さすがに一線を越えてしまっていれば、私たちの結婚を無理やりやめさせることはできない。

生真面目で誠実な人が……と疑問に思っていたので、すべて計算ずくだったと知ると納得してしまった。

「アナベルから学んだのです。ときには無茶もしてみるものだ、と」

ようやく心配事がなくなった。そう思うとうれしくて、私はおもいきりリュカ様に抱き着く。

「よかった……！」

地位や権力を手にするということは、それに群がる者がやってくるということだ。

私も今回のことでよく学ばせてもらった。

大切なのはたった一人。私には、リュカ様だけいてくれればそれでいい。

「アナベル、きっかけは呪いを解くためでしたが、今はこれでよかったと心から思っています」

「はい、私もです」

そっと私の右手を握ったリュカ様は、いつかのように優しく甲にキスをする。

押し当てられた唇は柔らかく、少しだけ冷たかった。

「聖女アナベル、私と結婚してください」

二度目の求婚は、確かな愛情を持って告げられた。当然、彼の背中に漆黒の揺らめきはない。

私はリュカ様の目をまっすぐに見つめながら、はっきりと答えた。

「お受けします！」

見つめ合うと、唇が自然に弧を描く。

聖女になんか、なるんじゃなかった。そう思っていた頃が嘘みたい。リュカ様がいてくれるだけで、こんなにも幸福感で満ち溢《あふ》れる。

きっと二人一緒なら大丈夫。
これからどんなことがあっても、一緒に生きていこうと誓った。

【番外編】 結婚式を迎えました

晴れやかな青空の下、祝福の鐘が盛大に鳴り響いている。

大聖堂には、国王陛下をはじめフェリクス様や名だたる貴族の面々が揃い、ここ数年で最も華やかな結婚式が執り行われようとしていた。

祭壇には、聖ヴィゴール教会の頂点に立つ教皇様。白銀の法衣を纏い、優しそうな雰囲気で、呪いの影響はまったく残っておらず健康そうに見える。

「リュカ、アナベル、神の祝福を受ける二人は前へ」

教皇様の言葉を合図に、結婚式用の豪奢な衣装を纏った私たちは祭壇の方へと歩いていく。

初めて着る真白いドレスは、これでもかというほど宝石が縫い付けてあり、フリルたっぷりの意匠は見た目の軽やかさとは反対にとても重たい。

そこら中にキラキラした光の粒が浮いていて、魔法で幻想的な演出がされているが、花嫁衣装に悪戦苦闘する私は正直言ってそれどころではなかった。

リュカ様は、生まれながらの貴族なので堅苦しい盛装も見事に着こなしている。

「アナベル、ゆっくりでいいですよ」

「はい……！」

二百年ぶりに現れた大聖女様、である私が結婚式で転ぶわけにはいかない。躓《つまず》くことすら許されない。

私は慎重に一歩一歩進んでいき、たっぷり時間をかけて祭壇の前までやってきた。

教皇様は、二人が正面に並んで姿勢を正したのを見計らい、この結婚が神に認められたものだと宣言する。

聖女は、神の子。それを娶《めと》るリュカ様は、神に仕える聖騎士であっても、聖水を飲んで心身を清めなければならないとされている。

どう考えても私よりリュカ様の方が清らかなのに、いくらしきたりとはいえ「まずは穢れを落とすように」と言われるのは腑に落ちない。

この人は、つい三ヵ月前に神聖力をたっぷり身体に取り込んで、三日三晩光り輝いていた人ですよ⁉　こんなに清らかな人は、この世界のどこを探してもいませんよ⁉

不服そうな顔をする私を見て、リュカ様は困ったように笑う。

そしてすぐに、目の前に用意された聖水入りの盃を手に取り、それを躊躇《ためら》いなく飲み干した。

当然のことながら、聖水を飲んだからといって何か変化があるわけではない。

盃は神官によって下げられ、結婚式は予定通り進んでいく。

教皇様の長い長いお話を聞き、半分意識が遠ざかった頃になってようやく記念の腕輪を交換、教会の聖女たちの歌を聴き、国王陛下からの祝辞をいただき、結婚証明書にサインをした。

「それでは、誓いのキスを」

式の終盤、ようやくここまでやってきた。

リュカ様は求婚のときと同じように私に向かって跪《ひざまず》き、左手の甲にそっとキスをする。私はそのお返しに、彼の額に唇を押し当てた。

立ち上がったリュカ様が、最後は唇にキスをすればこれにて婚礼の儀式は終了である。

わぁ、という歓声が響き、大聖堂の中に色とりどりの花びらが舞う。

アーヴィスさんが魔法師の部下を総動員してくれて、とても美しい光景を作り出してくれた。持つべきものは、魔法が使える知り合いである。

「本当に結婚できたんですね……！」

ぽつりとそう呟くと、隣に並ぶリュカ様が優しい眼差しを向けてくれる。

「やっとここまで来られたというべきでしょうか。この二ヵ月、お互い大変でしたね」

「ふふっ、そうですね」

私たちの結婚が公に発表されてから、リュカ様信者が私のところへ直談判にやって来るわ、大聖女信者が邸に押しかけてくるわで、それらの撃退に大忙しだった。

女の妬《ねた》み嫉《そね》みはものすごいもので、私の元へは悪意たっぷりの贈り物が連日届き、片っ端から神聖力で送り主を突き止め、彼女たちに社会的な制裁を加えていったのも今ではいい思い出である。

「リュカ様、この後の祝宴でも何かありますかね？」

美しい花びらを眺めながら、ふとそんなことを尋ねる。

「ないと思いたいですが、そう易々と認めてくれない人たちはいますからね」

侮られない身分を、ということで大聖女になった私だけれど、地位が高まれば集まってくるおかしな人も増える。

もうしばらくは、私たちの身辺が落ち着くことはないだろうなと呆れ笑いになった。

「アナベルのことは、私が守ります」

魔法がかかっていなくても、リュカ様は光り輝いて見える。私の夫が、世界一かっこいい。

こんなに素敵な人と結婚できるなんて、売られそうになっていた役立たず聖女だった私にはもったいない良縁だと神様に感謝した。

「幸せになりましょうね、リュカ様」

「はい、絶対に」

微笑み合うと、これ以上ないくらいに幸福感に包まれた。


だが、せっかくのお披露目の祝宴というのに、私たちの結婚をよく思わない人たちは放っておいてくれない。

祝宴の場にもかかわらず、リュカ様の愛妾の座を狙う女性たちがわらわらと集まってきたのだ。

「大聖女様は、お役目でお忙しいと伺いました。私は、大聖女様の代わりにリュカ様をお慰めしたいと思っております」

名前は思い出せないけれど、この巻き毛の派手な女性はどこかの伯爵令嬢だったはず。

私はリュカ様の腕を取り、わざと悲しげに言った。

「酷いわ。この方、大聖女の私は忙しいって……。リュカ様が暇だとおっしゃっているのではなくて？」

「そんなこと言ってませんけれど⁉」

この程度でむきになるなんて、社交界って随分と甘いところなのねと思ってしまう。

聖女たちの争いは、こんなものではない。

「私なら、ずっとおそばにいて、リュカ様のことだけを考えてあげられると言っているのよ！

好きでもない女が、自分のことをずっと考えているなんて普通に怖い。

顔を引き攣らせる私。

リュカ様は貴族としての威厳を保ちながらも、きっぱりとお断りを口にした。

「あなたのご厚意は理解しました。ですが、私はアナベルを愛しています。お気遣いは無用です」

「っ……‼」

悔しそうに唇を噛みしめる彼女は、今にも刃物で刺しそうな目で私を睨んでいた。

この気の強さを別のことに使えればいいのにな。そんなことを思ってしまった私は、少し離れた場所でフェリクス様と談笑していた、金槌隊のムキムキ隊長さんに声をかける。

「お兄様〜！」

「何だ？　我が妹よ！」

お兄様こと、金槌隊隊長のランダル・オズマン公爵は、大聖女になるにあたって私を養子縁組した頼もしい人である。

背に腹は代えられないというか、脂肪は筋肉に代えられないというか、平民出身の私が大聖女になるというのは色々障害があり、絶対的な権力者の庇護下に入ってしまえということで、公爵令嬢という肩書を得ることになった。

最初はどうなることかと思ったが、ランダルお兄様とは聖紋を入れた同志であり、すっかり意気投合している。

盛装を着ていても筋肉が目立っているお兄様は、私の元へずんずんとやって来て、そしてご令嬢を見下ろして尋ねた。

「この娘は?」

「ひっ」

本人に威嚇するつもりはまったくないが、筋骨隆々の騎士に見下ろされれば怯えてしまうのも仕方ない。さきほどの気の強さはどこへやら、彼女は小動物のようになっていた。

「お兄様。この方がとても元気が有り余っているようなので、金槌隊で面倒を見て差し上げたらどうかと思ったんです」

騎士は、性別問わず常に募集中である。金槌隊に女性はいないが、気の強さは武器の一つなので鍛えようによっては立派なメンバーになれるかもしれない。

「これからは、伯爵令嬢が騎士になる時代が来るかもしれません。愛妾でもいいから〜、なんて志でいるよりは、己を磨いて金槌隊に入る方が幸せなのでは？」

「そんなわけないでしょう⁉」

「ほら！　その元気ならいけます！　才能ありますよ！」

「あなたどこかおかしいのではなくて⁉」

「よく言われます。でも大丈夫、私でも大聖女が務まりますので、あなたもがんばって！」

何か特技を身に付ければ、一人で生きていくのも怖くない。

少なくとも、他人の結婚式で愛妾に名乗りを上げるよりは、ほかの道を探した方が身のためだと思う。

「なぜあなたみたいな女が、リュカ様と……！」

「需要と供給が一致した結果ですかね？」

私だって信じられないけれど、リュカ様は私を本気で好いてくれているんだからそこに文句を言われてもどうしようもなかった。

困っていると、お兄様がご令嬢の肩をぽんと軽く叩く。

「大丈夫だ。己を鍛えれば、おのずと道は拓ける」

「は？」

「さぁ、これから新しい一歩を踏み出すのだ！　隊長である私に任せておけ！」

「何言って……きゃぁぁぁ！」

お兄様は上機嫌でご令嬢を担ぎ上げるとあっという間に会場から出て行った。

残された私たちは、どちらからともなく顔を見合わせる。

「あのまま訓練室へ向かうつもりでしょうか？」

「そのようですね」

お兄様は基本的には優しい人だから、訓練も加減をしてくれるだろう。今日は帰れないかもしれないが、きっといい運動になって心の澱みも少しは解消されるはず。

「私たちもそろそろ帰りましょうか。祝宴は、最初だけいればよいものですから」

「そうですね。二人でのんびりしたいです」

早朝から結婚式の準備で慌ただしくしていたため、食事も落ち着いてできていない。

差し出された手をそっと取ると、招待客の人波を抜けて逃げるようにして移動する。

外に出ると、あれほど晴れ渡っていた空は真っ暗に染まっていて、無数の星が煌めいているのが見えた。

「領地では、もっと星がたくさん見えるんです。近いうちに、一緒に行ければいいですね」

リュカ様は、そう言って穏やかな笑みを浮かべた。

「楽しみですね」

私も自然に笑顔になり、星空を見上げながら歩いて行った。

あとがき

はじめまして。柊《ひいらぎ》一葉《いちは》と申します。

このたびは『役立たず聖女と呪われた聖騎士　思い出づくりで告白したら求婚&溺愛されました』を手に取っていただき、誠にありがとうございます。

私にとって、書籍と漫画合わせて九作目となりました本作は、新レーベルの『Kラノベブックスf』さんから初めて出版させていただきました。

イラストは、憧れのぽぽるちゃ先生に描いていただけて、ラフの時点からずっと大興奮でした。こんなにも素晴らしい表紙、挿絵を見ることができて、とても幸せです。

出版にあたりご尽力いただいたレーベル関係者様、担当編集さん、コミカライズ関係者様、本当にありがとうございます。


不遇の聖女アナベルと、まじめで優しいリュカの恋物語である本作は、「呪い」とか「売られる寸前」とか「借金」とか、出てくるワードはわりと重めでしたが、最初から最後まで賑やかで明るいお話になりました。

アナベルが強気で逞しいために悲しい雰囲気がまったくなく、「多分ハッピーエンドだな」という謎の安心感があったのではないでしょうか？

ＷＥＢ小説を書き始めたのは「もっと笑える恋愛小説があってもいいのでは？」という思い付きからだったので、本作はまさにそれが凝縮した作品になったかと思います。

笑いあり、きゅんあり、ちょっと切ないところもあり……。読者の方に、「おもしろかった！」とすっきりした気分で読了していただけたならうれしいです。

小説版は一巻完結ですが、これからコミカライズが始まるということで、どんな物語になるのかとても楽しみです。

キャラデザを拝見したとき、ため息が出たほどリュカがかっこよくて、ぜひたくさんの方に楽しんでいただきたいと思います！

不憫系イケメン好きとしては、王子様を庇って呪われるリュカはかなりの不憫度ですのでイチオシです。どうか漫画もお楽しみに♪

それでは、最後になりましたが、皆様にとってよき読書生活が送れますようにお祈りいたします。

柊　一葉

Kラノベブックスf

役《やく》立《た》たず聖女《せいじょ》と呪《のろ》われた聖騎士《せいきし》
《思《おも》い出《で》づくりで告白《こくはく》したら求婚《きゅうこん》&《アンド》溺愛《できあい》されました》

柊《ひいらぎ》一《いち》葉《は》

2021年9月29日第1刷発行

発行者	森田浩章
発行所	株式会社 講談社 〒112-8001　東京都文京区音羽2-12-21
電　話	出版　(03)5395-3715 販売　(03)5395-3608 業務　(03)5395-3603
デザイン	ムシカゴグラフィクス
本文データ制作	講談社デジタル製作
印刷所	豊国印刷株式会社
製本所	株式会社フォーネット社

KODANSHA

ISBN978-4-06-524579-8　N.D.C.913　321p　19cm
定価はカバーに表示してあります

ファンレター、
作品のご感想を
お待ちしています。

あて先　〒112-8001　東京都文京区音羽2-12-21
(株) 講談社　ラノベ文庫編集部 気付
「柊一葉先生」係
「ぽぽるちゃ先生」係

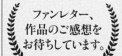

Kラノベブックスf

死んでも推します!!
～人生二度目の公爵令嬢、今度は男装騎士になって最推し婚約者をお救いします～

著:栗原ちひろ　イラスト:ゆき哉

公爵令嬢・セレーナの婚約者は、帝国が誇る『黒狼騎士団』の団長であり、近く皇帝となるフィニス。幼い頃に肖像画を見て以来彼の美貌の虜となり、全力で萌え、全霊をかけて推してきたフィニスといよいよ結婚――という時に、ふたりは何者かに謀殺されてしまう。一度目の人生は、これで終了。気づけば、前世の記憶を持ったまま『二度目』がスタートしていた。

今度の人生では、絶対にフィニスを殺させない！　推しには健康で長生きしてほしいから――！